テイルズ オブ デスティニー2 ①

～英雄を探す少女～

結城　聖

集英社スーパーダッシュ文庫

テイルズ オブ デスティニー2 ①
～英雄を探す少女～

CONTENTS

スーパーダッシュ

カバーイラスト／いのまたむつみ
口絵・本文イラスト／松竹徳幸

テイルズ オブ デスティニー2 ①
～英雄を探す少女～

プロローグ

「ディムロス……」

柄《つか》の部分に開閉式のシャッターのついた幅広《はばびろ》の剣に、獅子《しし》の鬣《たてがみ》のような黄金の髪をなびかせた白い鎧《よろい》の剣士は、別れの痛みを隠しきれない声で呼びかけた。

「ディムロス、俺は……」

『悲しむな、スタン』

優しいが、強い意思を感じさせる声が、彼の手にしている剣から発せられた。だが、直径が六メートルもある巨大なレンズの周りに集った者たちの中で、誰一人、それを不思議に思うものはいなかった。

《神の眼《め》》と呼ばれるレンズには、すでに三本の剣が突き刺さり、共振を始めている。

巨大空中都市《ダイクロフト》の心臓部である巨大レンズを破壊すれば、天を覆《おお》い尽くし、今しも地上へと落下を始めようとしている岩々を宇宙へと弾《はじ》き飛ばすことができる。

だがそれは、長い間、共に戦ってきた戦友との永遠の別れを意味していた。

『スタン。おまえは強く……とても強くなった。あの天上王を自称する《ミクトラン》を倒すほどに』

「でもそれは、ディムロスがいてくれたからだよ！」

『それは違う』

兄が弟を諭《さと》すように、ディムロスは言った。その声は、微笑《ほほえ》みが見えるようだった。

『おまえが奴《やつ》を倒せたのは、この私――ソーディアン《ディムロス》があったからではない。おまえだから――スタン・エルロンだから、奴に負けなかったのだ』

「そんなことない……そんなことないよ……」

スタンは、いやいやをするように首を振った。

その様子に、ストレイライズ神殿の神官服を纏《まと》った緑髪の少女は、眼鏡《めがね》の奥に浮かんだ涙を拭《ぬぐ》い、青い鎧に身を包んだ銀髪の青年は目を伏せた。

だが、その二人の間から、ショートカットの黒髪を揺らしながら、軽装の少女が一歩足を踏み出した。少女は黒と赤のコントラストも鮮《あざ》やかな手袋を握り締めて拳《こぶし》を作ると、それでいきなりスタンの頭を殴った。

「ルーティさん！」

神官の少女が、驚きの声を上げて駆け寄ろうとしたが、銀髪の青年はそれを無言で止めた。

ルーティと呼ばれた少女は、スタンの鎧の顎当《あごあ》てを掴《つか》み、彼の顔を無理矢理上げさせた。

「いいかげんにしなさいよ！　あんただけが悲しいと思ってるの⁉　あたしやフィリアやウッドロウは平気だと思ってるの⁉　みんな悲しいに決まってるじゃない！　でも、それでも、大好きな人たちを守るために、それを乗り越えようとしているんじゃない！　それなのに、あんたは何をしてるのよ！　あんたにも守りたい人が、地上にいるんでしょう⁉　そうじゃないの、スタン⁉」

ルーティ・カトレットは力なく膝《ひざ》をつくと、どん、とスタンの鎧の胸甲《きょうこう》を叩《たた》いた。

「あたしだって……あたしだって、できることなら、アトワイトと別れたくなんかない……でも、地上には、あたしの大切なチビたちがいる！　旅で出会ったみんなもいる！　ほかにどうしようもないじゃない！」

うつむいたルーティの黒い瞳《ひとみ》から、はらはらと涙が零《こぼ》れ落ちた。

『……ありがとう、ルーティ』

レンズに刺さった片刃《かたは》の細身の剣――ソーディアン《アトワイト》が、そう呟《つぶや》いた。ルーティは顔を上げて《彼女》に手を伸ばしかけ、それを止めて胸に押しつけるようにした。握り締めた拳の上に、涙が落ちる。

『それでいいの。あなたが大好きよ、ルーティ。わたしの……マスター』

ルーティは嗚咽《おえつ》を漏《も》らして顔を《神の眼》から逸《そ》らした。これ以上、涙を見られたくないかのように。

『わかってくれ、スタン』

ディムロスの声に、スタンは顔を上げた。

その青い瞳が、驚きに大きく見開かれた。彼の目は、レンズの輝きに照らされた剣の背後に青い髪の若者の幻影を見ていた。若者は、白い見慣れぬ服を着て、微笑んでいる。

「デ、ディムロス……？」

だが、それが見えているのはスタン一人なのか、他の誰にも動揺はなかった。

ディムロスは静かに続けた。

『スタン、ルーティの言う通りだ。ここで《神の眼》を破壊しなければ、全《すべ》てが無駄になる。私たちの千年の生を、無駄なものにさせないでくれ――我がマスターよ』

「ディムロス……」

スタンは剣を握ったままうつむいた。黄金の髪に隠された奥で、レンズの輝きを受けて、涙が光った。

不意に《ダイクロフト》の振動が激しくなり、銀髪の若者――ウッドロウ・ケルヴィンの顔が険《けわ》しくなり、神官服の少女――フィリア・フィリスの表情も不安に曇《くも》った。外殻《がいかく》の落下まで、おそらくもう、それほど時間はない。

だが、彼らは長く待つ必要はなかった。再び顔を上げたスタンの表情からは、いっさいの迷いは消えていた。

「……わかったよ、ディムロス」

スタンは立ち上がると、剣を持ち直し、切っ先をレンズに向けた。傷ひとつない刃《やいば》が輝きを受けて美しく輝く。

『そうだ、やってくれ。そしておまえたちが、レンズに代わる、新たな世界を照らす光となってくれ——英雄という光に』

柄を握る手に、スタンは力を込めた。

「ディムロス……絶対に忘れない。おまえのことを。無力だった自分のことを。俺は、英雄なんかじゃない。スタン・エルロンは、友達を犠牲《ぎせい》にしなければ世界を救えなかった、情けない男だ——俺は、そのことを絶対に忘れない」

『……ありがとう、友よ』

まるで目をつむるかのように、ディムロスはコア・クリスタルのシャッターを閉じた。

「うわあああああっ！」

スタンは切っ先を《神の眼》に突き立て、一気に押し込んだ。

これは、今から十八年前のことである。そして——

１　英雄を探す少女

雑草の生《は》えた煉瓦《れんが》の間から、ハリネズミのようなつんつんした金髪が現れ、そのすぐ下から、負けん気の強そうな少年の顔が半分ほど覗《のぞ》き、彼は辺《あた》りをきょろきょろと見回した。

（あ、いた！）

少年の青い瞳《ひとみ》が捉《とら》えたのは、三人の大人の姿だった。青い服の二人は、鉄条《てつじょう》を巻きつけた棒――戦棍《せんこん》で武装をしている。残る赤い服の一人は武器らしい物は身に着けていないようだったが、代わりに革《かわ》装丁の分厚い本を携帯していた。

「なんだ、行き止まりではないか！」

苛立《いらだ》った様子で、本を持った男が言った。声は辺りに反響して木霊《こだま》が返る。

「貴様、案内をすると言ったくせに、どういうことだ⁉　よもや私をここで迷わせて、レンズを独《ひと》り占めしようと考えているのではあるまいな？」

男の剣幕《けんまく》に、武装した一人が慌《あわ》てた様子で首を振った。

「と、とんでもありません！　独り占めするつもりであれば、わざわざ神官様に報告などいたしません！　私はただひたすら、アタモニ様のお役に立ちたいとその一心で――」

「ならば、これはどういうことだ？　貴様は道を知っている、と言ったのだぞ？」

「な、なにぶん、古い遺跡ですから……おそらくは風化が進んで、壁が崩れたものと思われます。確かに、以前はここを通れたのです」

「まったく、時間を無駄に使わせおって。――戻るぞ。別の道を探す！」

「は、はい……申し訳ありません……」

赤い服の男は踵《きびす》を返し、入ってきたアーチに向かって歩き出した。戦棍のふたりがそのあとを慌てて追い、辺りには再び静けさが戻った。

（……やっばいなー。ずいぶん近くまで来ちゃってるじゃんか）

少年は瓦礫《がれき》の陰《かげ》から立ち上がると、肩まである特殊な形のグラブをした拳《こぶし》で、鼻を擦《こす》るようにした。脇《わき》に銀縁《ぎんぶち》の黒ラインの入った赤いシャツに、ゆったりとした水色のズボンと大きめの白いショートブーツという格好で、腰にはレンズをはめ込んだ太い革ベルトを締めて、背中には両刃《もろは》の剣を負っている。

年のころは一四、五、といった頃合《ころあい》だ。

（っと……早く知らせなくちゃ。偵察《ていさつ》、終わりっと！）

くるりと体を返し、少年は崩れかかったバルコニーらしき場所をあとにして、倒れた柱を軽々と飛び越えて、続く部屋へと駆け込んだ。

「ロニ！——うぷっ！」

声を上げた途端、ぶにょん、としたものが飛んできて顔に当たり、少年は不意打ちに目を白黒させた。ロニ、という声は、辺りに響いて段々小さくなって消えていった。

「ばーか。でっけえ声を出すんじゃねえよ、カイル」

注意、というには優しい声で、部屋にいた青年が言った。蔦《つた》の張りついた壁に背中を預け、柄《え》の長い巨大な斧《おの》——ハルバードを肩に寄りかからせている。短い銀髪を立てるように整えていて、顔立ちも、カイル、と呼ばれた少年に比べると、明らかに大人びていた。

スリーブレスの襟《えり》付きの白いシャツに、黒の革ズボンと白のブーツという軽装で、鎧《よろい》らしい鎧は身につけていない。指の部分が赤い、二の腕まで届く青いグラブの右腕には、同色のバンダナが巻かれている。

青年は腰の革製の小箱から、両側を捻《ひね》った包みを取り出すと、紙を剝《は》がし、赤い色をした柔らかそうな食べ物を口に放り込んだ。疲れた体によく効く、滋養強壮剤《じようきようそうざい》の《アップルグミ》だ。

柔らかくなって顔に張りついている同じ物を剝《は》がしながら、少年——カイル・デュナミスは少し頰《ほお》を膨《ふく》らませた。

「何すんだよ、ロニ」

すると青年——ロニ・デュナミスは、グミを飲み込んで瞼《まぶた》を開き、髪と同じ銀色の瞳でカイルを見た。

「何、じゃねえっての。こんなところで俺の名前を大声で呼ぶなんて、何考えてんだ？　連中に、俺がここにいることがばれちまうだろうが。俺はもともと、あいつらの護衛《ごえい》のために派遣《はけん》されたんだってこと、忘れてるんじゃねえのか？」

あ、とカイルはグラブをした手で口を塞《ふさ》いで、慌てて辺りを見回した。

連中、とは他《ほか》でもない、先ほどの三人のことである。

「そうだった、ごめん」

カイルは少しだけ申し訳なさそうに言って、尖《とが》った金髪頭の後ろを掻《か》いた。

「しょうがねえな。……ま、浮かれる気持ちもわかるけどよ。なにしろ――」

ロニは、にやりとした。カイルもニッと笑う。

「――三百万ガルドのお宝だからな」

「――初めての冒険だもんね！」

ほとんど同時に言って二人は顔を見合わせ、ロニはやれやれと首を振った。

「おいおい違うだろ？　目的はあくまで、このラグナ遺跡に隠されている巨大レンズを、連中より先に見つけ出すことだろうが。そいつを闇《やみ》で売っ払えば、俺たちのオンボロ孤児院を、雨《あま》漏《も》りひとつしない豪邸に建て替えられる！　そうすりゃあ、ルーティさんだって、今よりもずっと楽《らく》ができるってもんだ」

「母さんは別に、楽をしたいだなんて思ってないと思うけどなあ」

手に持ったままだったグミを口に放り込んで、カイルは首を傾《かし》げた。

「ばーか。好きで苦労をしてる女の人がいるかよ。久しぶりに会って、驚いたぜ。……あの手。チビどもの洗濯《せんたく》が多すぎて、ぼろぼろじゃねえか。アイグレッテの都の女性の手は、みんな綺麗《きれい》だぜ？　俺はな、ルーティさんにはそういう手でいて欲しいんだよ」

「ふうん」

と、カイルは気のない返事をした。昔からだが、ロニは女性のことになるとにかく熱く語る。カイルの知っている女性といえば、どちらかといえば乱暴な母親と、孤児院のやかましいチビたちくらいで、どうもよくわからなかった。

「三百万ガルドあれば、家を直してさらに、闇《やみ》市場に残ってるレンズ洗濯機も買えるぜ、きっと」

「レンズ洗濯機？　何それ？」

むぐむぐと口を動かす合間に、カイルが訊《き》くと、ロニはやれやれと肩を竦《すく》めた。

「なんにも知らねえんだな。汚れた服と、水と、洗剤を放り込めば、あとは自動で洗濯してくれる機械のことだよ。オベロン社のレンズ製品でまだちゃんと動く物が、こっそりと裏で流通してるんだぜ？」

レンズ、とはずいぶん昔にこの星に衝突した彗星《すいせい》の核の欠片《かけら》のことである。レンズは高エネルギーの結晶体であり、かつてはオベロン社という企業が、その回収、加工を行い、様々な工業製品として世に送り出していた。

だが十八年前に起きた、《神の眼《め》》と呼ばれる巨大レンズを巡《めぐ》る争乱によって、オベロン社は総帥《そうすい》以下全役員を失い、世界的にレンズを危険視する風潮が広まったことも加わって、会社は倒産、レンズ加工技術は失われ、人々の暮らしは、ほとんど手動の、レンズ工業革命以前へと逆戻りした。

カイルが物心ついた頃には、すでにレンズのない生活が定着していたので、その便利さがよくわからないのだが、以前の暮らしを憶《おぼ》えている人々は、レンズ機械を懐《なつ》かしむ気持ちがあるらしい。もっとも、あまり表立ってそれを口にする者はいないが。

現在レンズは、かつて《神の眼》を管理していたストレイライズ神殿の後身で、より尖鋭《せんえい》的な組織となった、アタモニ神団が、全大陸での収集、管理に努めている。

先ほどカイルが見た、下の階でうろうろしていた三人は、そのアタモニ神団の調査団だ。彼らは、カイルが住むクレスタの町の南方にある、ここラグナ遺跡に一メートル級の巨大なレンズがあるという噂《うわさ》を聞いて、神官を一人と僧兵《そうへい》を二人、そして神団騎士をひとり、派遣してきたのだった。

だが、カイルが見かけたのは三人。騎士は一緒ではない。

その騎士は――目の前で、不敵に笑っている。何を隠そう、このロニこそが、アタモニ神団の中でも選ばれた者しかなれない、その神団騎士だった。

彼が護衛に立候補し、選ばれたのは、出身がクレスタで、周辺の地理に詳《くわ》しいからだったが、ロニは端《はな》から、レンズを掠《かす》め取るつもりでいた。

理由は先の通りである。

そこでロニは、かつては王都であったダリルシェイドに到着すると、調査団を置き去りにして一足先にクレスタに現れたのだった。町でカイルと再会したロニは、嬉《うれ》しさのあまり、ついレンズのことを口を滑らせてしまったのだが、ロニにしてみれば失敗だった。

「オレも行くよ！」

カイルがそう言い張ったからである。

「ばか！　神団にばれたら、やばいんだぞ！」

とロニが言っても、それで怖気《おじけ》づくようなカイルではなかった。結局はロニが折れ、無理はしないという条件で、カイルは同行を許されたのだった。

このラグナ遺跡は、千年前の天地戦争時代のものであるため『遺跡』とよばれているが、その存在が確認されたのは、十数年前のことだ。一説には、十八年前の争乱の時に、天から落ちてきた古代都市の残骸《ざんがい》だとも言われている。

とはいえ、ここまでは、いまのところたいした危険とは出くわしていなかった。

無論、人と見れば襲ってくる野生怪物の類《たぐ》いとは幾度《いくど》も戦ったが、カイルが受けたのは、かすり傷程度のものだった。物心ついた頃から、独学ではあるが、剣の修行を積んできたのである。ゼリー状の単細胞生物の《スライム》や、大人ほどの大きさの狼《おおかみ》《ウェアウルフ》、小悪魔の《グレムリン》程度なら、ロニと一緒に戦えば、敵ではなかった。

カイルはリンゴの味がするグミを飲み込んでしまうと、両手を頭の後ろに組んで、部屋の中央へ歩きながら、ロニに話しかけた。

「でもさ、ロニ。やっぱりただの噂だったんじゃないの？　そのレンズ」

「なんでだ？」

「だって、遺跡の中はもうほとんど探したじゃん。多分、ここが最後の部屋だよ。でも、レンズなんかどこにもないよ」

立ち止まり、カイルは両手を広げて見せた。

確かに彼の言う通り、それらしきものはどこにもなかった。部屋は、北側が途中で切れていて、床はベランダの張り出しのようになっている。手摺《てすり》のないその先は、階下から大きな木が枝を覗かせているばかりで、出入り口はカイルたちが入ってきたひとつしかなく、完全な行き止まりだった。

「やっぱり噂だったんだよ。それか、もう誰かが盗んじゃったとか」

「まあ……そいつは、ありえるけどな」

ロニはまだ諦《あきら》めきれない様子で、顎《あご》を指で擦《さす》るようにした。

「レンズがなかったのは残念だけど、でもオレ、楽しかったよ。ロニと冒険ができて」

言って、カイルは部屋の中央にある、柱が折れた跡のような出っ張りに腰を下ろした。途端、出っ張りは床に沈み、カイルは尻餅《しりもち》をつく羽目《はめ》になった。

「わ！」

「カイル！」

何かの起動スイッチだったのか、部屋全体が振動を始め、ロニは素早くカイルの傍《そば》に駆け寄ると、その腕を取って立ち上がらせ、ハルバードを油断なく構えた。カイルも素早く背中の剣を抜く。

怪物が現れる様子はない。だが、振動は収まるどころか、ますます激しさを増し、ついに床の端が崩れ始めた。

「ロニ、やばいよ！」

「わかってる。一旦《いったん》、この部屋を出——」

「待って！　ロニ、あれ！」

カイルは、張り出した床の先を指差した。枝が葉をざわざわと揺らしながら伸びている。樹《き》が急速に成長している⁉——否《いな》、そうではなかった。樹そのものが、階下からせりあがってきていたのだった。

「やった！」

カイルは手を打った。上がって来たのは樹ばかりではなかった。二階ほどの高さにある窓へと続く階段が、ともに現れたのである。しばらくして振動は収まったが、階段と樹が、再び沈む様子はなかった。

「やったね、ロニ！　やっぱりオレを連れてきてよかっただろ？」

カイルは誇らしげに胸を反《そ》らしたが、これが即死性の罠《わな》だったら笑い事ではすまない。仕方ねえなあ、というように苦笑したロニだったが、周囲に不意に影が落ちたことに気がついて、さっと顔色が変わった。

「下がれ、カイル！」

「えっ⁉」

ほとんどカイルを突き飛ばすようにして、ロニは横に飛んだ。直後、鈍《にぶ》い音がして何かが床にめり込み、もうもうと埃《ほこり》を舞い上げた。床を転がったロニは、すぐに立ち上がると、カイルを背中にかばうようにして、ハルバードを構えた。

「げほっげほっ……な、なに……？」

咳《せ》きこみながら、カイルはロニの肩越しに、奇妙なものを見た。

それは、巨大な岩の球のようだった。

圧死《あっし》の罠が仕掛けてあったのか、と考えた時、岩球の表面に細い光が走り、卵の殻《から》のようにその一部が剝がれ、細い頭と、鋭い爪《つめ》を備えた四本の足が現れた。

「な、なんだ、こいつ！」

カイルは慌てて剣を構えた。

まるで巨大な昆虫のようだったが、外骨格のような装甲の間に見える内部には、遺跡の地下に下りた時に見たのと同じような、機械が詰まっていた。明らかに、これまで遭遇《そうぐう》してきた怪物たちとは違う種類のものだった。

「ちくしょう、ブエルだ！」

ハルバードの柄《え》を握りなおしながら、ロニが叫ぶように言った。

「ブエルって何⁉」

「天地戦争時代に作られた、機械の兵隊だ！　前に神殿の図書館で見たことがある！　重要な場所に配置されて、侵入者を防ぐために置かれてたらしい！　千年以上も前の機械のくせに、まだ動くのかよ！」

「どうするの、ロニ！」

「やるしかねえ！　こいつは多分、俺たちが死ぬまで追いかけてくるぞ！　そういう風にできてるってことだ！　だが、これでレンズの話は信憑性《しんぴょうせい》が出てきたぜ！　こんなのがいたんじゃ、並みの盗賊じゃ手なんか出せっこねえ！――遅れるなよ！」

ロニは言うなり、ハルバードを手に走ると、ブエルの懐《ふところ》にほとんど一瞬にして飛び込み、竜に似た頭の顎を目掛け、握った左拳を突き上げた。

鍋《なべ》を思い切り殴ったような鈍い音がして、ブエルの顔が跳《は》ね上がる。

「くらいやがれっ！　こいつが双打鐘《そうだしょう》だっ!!」

顕《あらわ》になった喉《のど》を目掛け、ハルバードの一撃が決まる！　だが、斧の刃《やいば》はブエルの蛇腹《じゃばら》状の内壁を僅《わず》かに傷つけはしたが、破壊するまでには至《いた》らなかった。

カシッ、と乾いた音がして、半球の背中の一部が開いた。

「ロニ、危ない！」

カイルが叫んだ直後、ブエルの背中から緑色に輝く光球が幾《いく》つも吐き出され、まるで意思があるかのように、ロニを目掛けて空中を滑るように動いた。

「くそっ！」

ロニは、ブエルの脚《あし》の一本に足をかけると、思い切り蹴《け》るようにした。ようやく、ハルバードが抜ける。そのまま転がりながら、光球を避《よ》けると、発光体は次々と床に命中し、強力な酸であるかのように石を溶かした。焦《こ》げた臭《にお》いが漂《ただよ》う。

ブエルは巨体に似合わない素早さで、床に這《は》ったロニの傍に走りよると、鉤爪《かぎづめ》のついた脚を振り上げた。銀色の瞳に、恐怖が走るのを、カイルは見た——避けられない！

「させるもんかっ！」

カイルは剣を腰溜《こしだ》めにすると、両足を大きく開いてブエルに対して体が横向きになるように立ち、全身の力と気を込めて腰を捻《ひね》りつつ、遙《はる》か間合いの外から、思い切り剣を突き出した。

轟《ごう》、と風が巻く！

剣先は届くはずがない。だが、埃を巻き上げながら、蒼《あお》い輝きが空間を切り裂いて床すれすれを走り、ブエルの横腹に命中し、巨体を吹き飛ばした！

鉤爪は狙《ねら》いを外してロニの顔の横の床に深々と突き刺さって抜けず、胴体に引きずられて回転し、ついに根元から引きちぎれた。

ブエルは横倒しになって、錆《さ》びた蝶番《ちょうつがい》が立てるような音を発してのたうった。三本の脚ではうまく立ち上がれないらしい。

「チャンス！」

ロニは、バック転をするように起き上がると、横倒しになったブエルに走り寄り、ハルバードを思い切り振り上げて力を込めた。逞《たくま》しい腕が、さらに膨《ふく》らむ。カイルの斬撃《ざんげき》を受けた場所に亀裂《きれつ》が走っていた。そこを目掛け、ロニは渾身《こんしん》の力でハルバードを振り下ろした。

パリ、と音がして、刃と空気の摩擦《まさつ》で放電が起こり、斧が亀裂に食い込んだ時には、ほとんど雷鳴といっていいほどの電気量になっていた。

「こいつが雷神招《らいじんしょう》だ！」

青白い光が激しく明滅し、カイルは目を眇《すが》めた。

ブエルは死にかけた虫のように残った足をばたつかせながら、体のあちこちで爆発を起こし、やがて――動かなくなった。目の光が消えていくとともに、残った足が体に引き寄せられる最期の様子も、やはり虫のようだった。違うのは、煙を上げているところくらいだ。

「……ふう、やれやれだぜ」

肩の力を抜くと、ロニはハルバードを引き抜いて、それを肩にかけるようにした。横顔には、少し凶暴そうな微笑が浮かんでいる。

その姿に、カイルは目を輝かせると、剣を背中の鞘《さや》に収めて駆け寄った。

「ロニ、すごいや！　格好よかったよ！　なんだっけ⁉　雷神招！——だっけ⁉　やっぱり騎士って違うんだなあ……びっくりだよ！」

「何言ってやがる！」

ロニは、カイルのつんつんした頭を腕に抱え込むようにすると、笑いながら乱暴に揺すった。

「おまえこそ、いつの間にあんな技、身につけたんだよ！　なんだ、ありゃ？」

「そ、蒼破刃《そうはじん》だよ！」

強烈なヘッドロックを外そうと、カイルはもがいた。

「倉庫で見つけた剣術指南書《しなんしょ》に書いてあった技を練習して身につけたんだ！」

「倉庫にあっただあ？」

ロニはようやく腕を放し、カイルは頭をさすった。

「そ、そうだよ……痛いなあ、もう。遊んでて見つけたんだ。父さんのかもしれない、って思ってずっと練習したんだ。他にも色々あるんだよ？　例《たと》えば、散葉刃《ちりはじん》っていうのは——」

「あー、いい、いまは。無駄に体力を消耗する必要はないからな。この先も、こんなのが出てこないとも限らないんだ、温存しとけ」

「そっか……うん、わかった！」

　頷《うなず》き、カイルは抜きかけた剣を鞘に戻した。ロニの言うことは正しい。あれで結構《特技》に分類される技は疲れるのだ。階段を上がった先に、またブエルのような怪物がいることを考えるのは、冒険者の当然の心得だろう。

「で？　怪我《けが》はないか？」

「うん、オレは大丈夫だよ。ロニこそ、平気なの？」

「軽い打ち身程度だな。たいしたことはない。お互い、回復晶術《しょうじゅつ》を唱《とな》えるほどじゃなくてよかったぜ。あれはちょっと……頭痛がするからな」

　晶術とは、世に魔法とか奇跡とかいわれる類いのものである。敵を焼き尽くす火炎を呼び起こしたり、闇の存在を呼び出して使役《しえき》したり、瀕死《ひんし》の重傷者をほぼ一瞬で回復させたりすることができる万能の技だ。

　ただし、それは誰でも使えるというものではない。

　まず、高密度のレンズが必要となる。レンズにはエネルギー結晶体であるという他《ほか》に、そのエネルギーを使って『人間の精神を増幅する』という力も持つ。これを《晶力《しょうりょく》》といい、これを引き出すには生まれついて持った素質と訓練が必要となる。

　通常、怪物の体内から取れるレンズは六センチ級といわれるもので、これにも《晶力》は備わっている。ただしそのエネルギー含有量はまちまちで、一回使ってしまうとそれで尽きてしまうものから、数十回、数百回の使用に耐えるものまで様々である。

ほぼ無尽蔵《むじんぞう》な《晶力》を備えたレンズは、近代においては《神の眼》と呼ばれた六メートル級のレンズが唯一無二《ゆいいつむに》のものであるとされていたが、他にも五つの、同様の《晶力》を備えた小型のレンズの存在が確認されている。

それが、四人の英雄と一人の裏切り者が所持していた、天地戦争時代に作られた白兵戦《はくへいせん》用決戦兵器《ソーディアン》である。

だが、残念ながらそのどちらも『《神の眼》を巡る争乱』で失われてしまっている。

現在、もっとも多くの晶術使いを従えているのは、アタモニ神団だと言われている。

あらゆるレンズを《管理》の名のもとに集めている神団は、騎士の中で素質のあるものに、集めたレンズの中から高エネルギーを有したものを貸し与え、騎士団を《晶術》で武装している、とは、遺跡への道すがらに、ロニが語ったことだ。

「だからいいか？　おまえのそのレンズ、神団に奪われないようにしろよ。なにしろ、そいつはスタンさんとルーティさんの――青春の思い出の品なんだからな」

そうロニは言って、カイルの腰のレンズを指差した。

カイルのそれは、彼の両親のスタン・エルロンとルーティ・カトレットが十八年前に《神の眼》を追っている最中に手に入れた、高エネルギーを有するレンズだった（値上がりを待っている内にオベロン社の買い取り相場が下落したために、売却の機会を逃したらしい）。お守りとして、子供の頃に貰《もら》ったものだ。

ソーディアンマスターであった両親の血筋のせいか、カイルも《晶力》を引き出すことができた。一般レンズは《晶力》が低い代わりに、偏《かたよ》った元素属性を持っていたソーディアンのレンズと違って、万能属性の《晶力》を備えている。

ゆえに、術者の能力次第で、あらゆる晶術を駆使《くし》することができた。

ロニは神団騎士ゆえか、回復系の晶術はもちろん、地・水・光・闇の属性の晶術を使いこなせる。一方、カイルは、地・火・風・光の術を使えるが、回復系の《晶力》は引き出せないでいる。これは素質の違いであって、修行でどうこうできるものではない。

ただし、レンズから一度に引き出せる《晶力》を増幅することは、鍛練《たんれん》次第で可能だ。

父、スタンは周囲数百メートルを一瞬にして焼き尽くす《エクスプロード》という火属性の術を使えたというし、母、ルーティも何もない空間から凄《すさ》まじい水圧の大洪水《こうずい》を呼ぶ《ダイダルウェーブ》という水属性の術を使いこなした、と吟遊《ぎんゆう》詩人は歌っている。

いまのカイルに扱えるのは、小さな火球を飛ばす《フレイムドライブ》や、拳大の石礫《いしつぶて》を降らせる《ストーンザッパー》くらいだったが、いつかは父や母と同じような晶術を使いこなせるようになる、と信じて疑わなかった。

「だってオレは、父さんたち英雄の子供だもの！　だから、いつかはオレも英雄になるんだ！

それがオレの《運命》なんだよ、ロニ!」

それが、幼い頃からのカイルの夢であり、ロニが神団騎士になるために、聖都アイグレッテに行ってしまうまで、口癖《くちぐせ》のように繰り返していた言葉だった。彼だけが、カイルの夢を笑わずに真正面から受け止めてくれた、ただひとりの友人——兄だった。

ロニ・デュナミスとカイル・デュナミス。姓は同じでも、二人は本当の兄弟ではない。

ロニは、カイルが物心つく前に、ルーティが運営する孤児院に預けられた子供だった。彼の本当の両親がどうなったのか、カイルは知らない。《神の眼》の争乱で、多くの戦災孤児が生まれたが、ロニもそのひとりだったのかもしれない。

カイルの姓が、スタンの姓のエルロンでも、ルーティの姓のカトレットでもないのは、二人が自分たちの子供と他の子供を区別しないために、あえて孤児院の名前であるデュナミスとしたのだと、カイルは知っていた。

つまり、孤児院のみんなが二人の子供、ということだ。

とはいえカイルには、自分が物語で語られるような英雄の子供だという自負があった。誇らしかったし、自慢でもあった。

それについて、ロニは、

「いいか、カイル。俺の前でならかまわねえが、チビどもの前でそいつを言うなよ? おまえにそのつもりがなくても、チビどもは敏感に感じ取る——ルーティさんは、おまえの母さんであって、自分たちの本当の母さんじゃない、ってな」

と、繰り返し忠告をしてくれた。カイルはそれを守っている。

ロニは頼れる兄――そして、大好きな親友だ。

その彼とこうして、クレスタのすぐ近くとはいえ、念願の冒険に出かけられて、しかも、天地戦争時代の怪物を、二人だけで倒したのだ。

(ロニと一緒なら、無敵さ！)

カイルはロニを見つめて、にひひ、と笑った。

「なんだよ？」

怪訝《けげん》そうに、ロニは眉《まゆ》を顰《ひそ》めた。

「なんでもないよ！――さあ行こうよ、ロニ！」

「ま、いいか。……よし、行くぜ。いまの騒ぎを聞きつけて、調査隊の連中がやってくるだろうからな。レンズがあるならあるで、とっとと運び出さねえと鉢合わせだ」

「うん！」

二人はブエルの傍《そば》を離れると、下から競《せ》り上がってきたフロアに、僅《わず》かな隙間《すきま》を飛び越えて移った。階段は、樹に埋もれるようにして上の窓へと延《の》びている。まずはロニが確かめるように一歩を踏み出し、問題がないとわかると、カイルがそれに続いた。

ブエルとの戦いで疲れているはずなのに、何故《なぜ》か足取りは軽かった。

段をひとつ上がるごとに、胸の中でわくわくした気持ちが膨れ上がっていくのを、カイルは感じていた——何かが待っている——そんな、予感めいた気持ちだった。

ロニに続いて最後の段を上がると、そこはまるで公園だった。天井がなく、蒼い空がその代わりで、石の床は、そのほとんどが草や花で覆《おお》われている。

「おい、見ろよ……」

どこか呆然《ぼうぜん》とした声で言って、ロニが前方を指差した。

——レンズがあった。

おそらくは樹齢が千年近い大木の、幹の洞《ほら》に抱かれるようにして、巨大なレンズがそこに確かにあった。空を映して、青く輝いている。ざわざわと風が枝を揺らすと、葉の緑が滴《しずく》のように面で揺れた。

「こいつは、三百万ガルドどころじゃねえぜ……」

吸い寄せられるようにロニが樹の根元へ向かい、カイルも呆然としたままあとに続いた。

「見ろよ、カイル！　こいつはすげえ！　《神の眼》には及ばないが、優に二メートルはあるぜ！　レンズには三種類しかないって聞いてたが、こいつは大発見だ！　こいつなら数億の価値はきっとある！　なあ、カイル！……カイル？」

だが、カイルはロニの言葉をほとんど聞いてはいなかった。視線はレンズに吸いついて離れず、心臓が、せかすように鼓動《こどう》を打っている。

「おい、カイル。どうしたんだよ？」

答えず、カイルは木の根に足をかけると幹をよじ登り、レンズの前に立った。奥で何かが揺れている。カイルは、誘われるように手を伸ばした。そして、触れるか触れないかの傍まで手が近づいた時――

（な、なんだ……？）

突如《とつじょ》、レンズが激しく光を放ち始め、その表面に細かいヒビが走った。

（レンズが……割《わ》れる……？）

「バカッ！　何やってんだ、カイル！」

カイルは腕を引かれ、そのまま後ろへ――雑草の生えた床へ倒され、その上にロニが覆い被《かぶ》さってきた。それでもカイルはレンズから目を離せなかった。

ヒビは表面全《すべ》てを覆い尽くし、直後、レンズは光とともに砕《くだ》け散った！

粉ほどに細かくなった破片は、太陽の光を受けて、ダイヤモンドダストのように輝き、辺りに降り注いだ。

カイルも、ロニも、その様子を呆然と見つめていた。樹の洞に、もはやレンズはない。これで三百万ガルドは夢となってしまった。だが、光はまだそこに留まって揺れていた。

（！）

光の中に、カイルはおかしなものを見つけて、ロニの下から這《は》い出した。

「おい、カイル！」

止める声も聞かず、カイルは転がるように木の根元まで走り寄り、洞を見上げた。

光の奥に、さらに強い光が見える。それは洞の外にこぼれ出すと、ゆっくりと人の形をなしていった。まるで少女のような肢体《したい》――カイルは息を呑《の》んで、その様子を見つめることしかできなかった。

足元から、光が解けていく。

まず現れたのは、赤い靴《くつ》。そして白いソックス。それは膝《ひざ》の上まであって、レースの飾りを赤いリボンが止めていた。淡《あわ》いピンクの、襞《ひだ》のたっぷりとした、まるで花のようなスカートが翻《ひるがえ》り、細い腰を締める黒いベルトが続く。ふわりとした袖《そで》飾りを過ぎて、剥き出しの鎖骨《さこつ》の間でレンズに似たペンダントが、きらりと光った。

喉元を過ぎた光は、少女――少女だった――の顔をあらわにした。

年は、カイルとそう変わらないように見える。短めの髪は濃いブラウンで、レンズのような丸い飾りを、三つつけている。肌《はだ》はほんのりと赤味を帯びて白く、唇《くちびる》は濡《ぬ》れたサクラの花弁のようで、カイルはどうしても目を離すことができなかった。

長い睫毛《まつげ》に縁取られた瞼《まぶた》が、ゆっくりと開いていく。

少女の瞳は、髪と同じ栗色《くりいろ》をしていたが、カイルはその奥に何か、見逃してはいけない輝きを見たと思った。

光は、最後に少女の頭上で収縮したかと思うと、まるで天使の輪のように広がって散り、彼女の周りに舞い落ちるレンズの破片が、それを受けて玻璃《はり》のように煌《きら》めいた。

ごくり、とカイルは唾《つば》を飲み込み、シャツの襟元を引いた。喉がやたらと渇いている。

「あ、あの……」

言葉は通じるだろうか、と思いつつそう声をかけると、少女はゆっくりとした仕草《しぐさ》でカイルを見た。瞳がとても大きい。突然、頬が熱くなって、カイルは目を瞬《しばたた》いた。心臓の鼓動が、信じられないほど速い。

「あの、君はいったい……?」

すると少女は、すう、と目を伏せた。その表情はどこか悲しげで、カイルはどうしてか、胸をかきむしられるような気分になった。

「英雄……」

少女の声は、自分自身に何かを思い出させるかのようだった。

「そう……わたしは英雄を探しているの。歴史に残るような……いいえ、歴史すら変えることができるような、そんな英雄を……」

(え、英雄だって!?)

少女の言葉に、それまで彼女に見惚《みほ》れるしかなかったカイルは、夢から覚めたようにハッとした。カイルは木の根に足をかけて一歩前に足を踏み出すと、自分の胸を、バン、と叩《たた》いた。

少女が、ゆっくりとカイルを向く。

その瞳に自分の顔が映っているのを見ながら、カイルは大きく腕を広げた。

「だったら、もう見つけているじゃないか！」

怪訝そうに、少女の顔が曇《くも》る。

「あなたが……？」

「そうだよ！　今はまだ冒険をはじめたばっかりだけど、いつかきっと、君の言うような大英雄になってみせる！　その証拠に、ほら！」

カイルは右腕の袖を捲《ま》くると、二の腕の小さな痣《あざ》を自慢するように見せた。

「見てよ、この痣！　父さんと同じところにあるんだ！」

それにいったい何の意味があるのか、という風に、少女は首を傾《かし》げた。自分の父がスタンであることを言わなかったのだから、この反応は当然だったが、舞い上がっていたカイルは、そんなことにも気がつかず、自慢するように、親指で自分のことを指した。

「オレ、カイル！　カイル・デュナミス！　君は？　どこから来たの？　それで、未来の大英雄に何の用？　もし人助けなら――」

だが少女は、ちらりと首のペンダントに視線を落とすと、カイルのことなどまるで気に止めていないかのように、彼の脇をすり抜けようとした。

「えっ!?　ち、ちょっと待ってよ！」

少女の態度に焦《あせ》り、カイルは慌ててその行く手を遮《さえぎ》った。彼は笑顔を見せたが、道端《みちばた》の石ころを見るような冷たい視線を向けられて、それは強張《こわば》った。

「ど、どこ行くのさ。君の探してる英雄はここに――」

「あなたは英雄なんかじゃない」

にべもなく、少女はそう切り捨てた。カイルの顔は、血の気が引いて白くなった。

「わかるの、わたしには」

少女はカイルを退《しりぞ》けるようにして、木の根を降りた。とん、と肩がぶつかり、カイルはよろめいたが、言葉もなく、呆然と立ち尽くすしかなかった。

「ま――」

だがそれは、長い間のことではなかった。一顧《いっこ》だにせずに部屋を出て行こうとした少女を振り返ったとき、彼の顔には明らかな怒りがあった。

「待ってよ！」

少女は、声の内に秘められた激しさを感じたかのように、赤い靴の歩みを止めた。

「どういうことだよ！　オレが英雄じゃないって、何でそんなこと――」

「わかるの」

少女はそう繰り返したが、振り向いてはくれなかった。

「あなたは、わたしの探している英雄じゃない……」

少女の姿は階段の向こうに消え、すぐに見えなくなった。

(オレが……オレが英雄じゃないだって……？)

握った拳は、グラブの中で白くなっていた。

「な、なんだ、ありゃ……おい、カイル、あの女の子、レンズの中からでてきたよな……？

そうだよな？」

確かに見たのだが信じられない、といった様子でロニは言ったが、カイルには、そんなこと
はどうでもよかった。

「追おう、ロニ！」

「あ？」

「今すぐ追いかけよう！　早くしなくちゃ！」

「おいおい落ち着けよ、カイル」

止めようとしたロニの手を、カイルは払うようにした。その時――

「あ、やば」

階段を三人の男が上がってきて、ロニは慌てて背を向けた。赤い服の神官と、蒼い服の護衛
兵が二人――アタモニ神団の調査団だ。神官は、危うくぶつかりそうになったカイルを睨《にら》みつ
けると、高圧的に胸を反らした。

「何だ、貴様らは？　こんなところで何をしている!?」

「どいてよ、おじさん！　急いでるんだから！」

脇を抜けようとしたカイルだったが、その首に素早く戦棍が突きつけられた。

「なんだよ！」

「怪しい連中だ。ここで何をしていた、と訊《き》いている」

カイルは答えず、ただ神官を睨みつけた。

ふてぶてしい態度に僧兵の一人が舌《した》を打ったが、その目は部屋の中を見回して、すぐに驚きに見開かれることになった。

「た、大変だ……」

「どうした？」

「た、大変です！　レンズが……レンズがありません！」

ロニが小さく、あちゃあ、と呟《つぶや》いたが、それは神官たちには聞こえなかったようだ。

「どういうことだ？　ここにレンズがあったというのか？」

「そうです！　私は以前、他の尖塔《せんとう》からここを覗いたのです。その時は確かにあの樹の洞に巨大なレンズが埋まっていたのです！　それがない！」

神官はじろりとカイルを見、それからロニを向いた。

「おい、そこの男。こっちを向け！」

諦めたように、ロニは振り向くと、軽い様子で片手を上げて見せた。

「よっ」

三人の顔に、驚きの色が浮かんだ。

「き、貴様は、ロニ・デュナミス！　姿が見えないと思ったら、何故こんな所にいる！」

「いやあ……皆さん方がやってくる前に、危険を取り除いておこうと思いまして……そこにいるのは俺の弟です。腕が立つんで、ちょっと手伝ってもらおうと思ったんでさ。いやいや、ブエルは手強《てごわ》かった」

「ならば、レンズはどうした！」

ロニは大仰《おおぎょう》に肩を竦《すく》めてみせた。

「それが、ここへきた時にはもう影も形も――」

「レンズは砕けちゃったよ！」

カイルが吠《ほ》えるようにそう言ってしまって、ロニは自分の顔を掌《てのひら》で打った。

「どいてよ！　レンズから出てきた女の子を、追いかけなくちゃならないんだから！」

「ふざけるな！」

バシ、とカイルは横面を張られ、尻餅をついた。頬がじんと熱くなって、神官に殴られたのだとすぐにわかった。

「何するんだよ！」

「黙れ、盗人《ぬすっと》め！　レンズから少女が出てきただと⁉　そんな言い逃れが通用すると思うのか⁉　レンズは貴様らが盗んだに決まっている！」

「ちょいまち！——貴様ら、ってオレも入ってんの？」

冗談でしょ、というように、ロニは笑って見せたが、神官の表情は揺るがなかった。

「当たり前だ！　ロニ・デュナミス！　神団騎士の身でありながら、レンズを盗んだ罪は重いぞ！　異端審問《いたんしんもん》にかけられること、覚悟しておけ！」

異端審問！　それは死の宣告も同じだった。罪を認めれば処刑され、認めなければ死ぬまで拷問《ごうもん》にかけられるのだ。

ロニは舌打ちをすると、ハルバードをくるりと回して構えた。

「こうなりゃ、やぶれかぶれだ！　カイル、強行突破するぞ！　ついて来——」

だが、ロニは最後まで言葉を終えることができなかった。カイルを向いたその一瞬の隙に、僧兵の戦棍が後頭部を捉え、したたかに打ったのである。

「ロニ！」

ブエルすら倒したロニの体が、為《な》す術《すべ》もなく崩れ落ちようとしている！　カイルは駆け寄ろうと腰を上げたが、途端に首筋に強い衝撃を感じて、世界がぐらりと揺れて落ちた。

「こいつらを、ひとまずダリルシェイドへ連行する！　なんとしても、レンズの行方《ゆくえ》を吐かせるのだ！」

怒りに満ちたそんな声が、遠のく意識の中で聞こえ……カイルは気を失った。

2　仮面の双剣士

首筋に当てられた、ひや、とした感触に、カイルは小さくうめいた。

「目が覚めたか？」

ロニの声だ。腫《は》れぼったい目を開くと、薄汚れたシーツが目に入り、何となく埃《ほこり》っぽい臭《にお》いが鼻をついた。体を起こそうとすると、首の辺《あた》りが少し痛んだ。濡《ぬ》れた手拭《てぬぐ》いがのっていて、それはまだ、温《ぬる》くなってはいない。

手を貸してもらってベッドに腰を下ろし、カイルは確かめるように首を回した。痛みはあるが、骨に異状はないようだった。

「ここは……？」

「ダリルシェイドだ。どっかの廃屋《はいおく》の地下室らしい。どうも牢屋《ろうや》っていうより、物置って感じだな。急ごしらえにしちゃあ、頑丈《がんじょう》な鉄格子《てつごうし》だぜ」

霞《かす》む目で見回すと、確かにそんな感じだった。明かりといえば樽《たる》の上に置かれたランプひとつで、部屋の隅《すみ》の方は闇《やみ》に沈んでいる。ベッドも、長い間放置されていたかのように、シーツはざらざらと埃っぽかった。

「オレたち、何でこんなとこに……」

首筋を揉《も》むようにしているうちに、ぼんやりとしていた記憶が、徐々に蘇《よみがえ》ってきた。

(そうだ……母さんに内緒で、ラグナ遺跡にレンズを探しに行って、そしたら、レンズの中から可愛《かわい》い女の子が出てきて、それで……)

思い出すうちに、カイルは体が熱くなってきて、なんだか口元がほころんでしまった。

「お、おい……」

気遣《きづか》わしげに、ロニがカイルの肩を掴《つか》んだ。

「大丈夫か？　打ち所が悪かったんじゃないだろうな？　わかるか？　俺たちはレンズ盗掘《とうくつ》の罪で捕まったんだぞ？　ここは牢屋だ。孤児院じゃない」

「わかってるよ、ロニ」

何とか顔を引き締めようとしながら、カイルは言った。

「大丈夫さ。ただちょっと、すごく嬉《うれ》しくて……」

「嬉しいって、おまえ……やっぱり、打ち所が悪かったんだな！　クソっ、あの連中ただじゃおかねえぞ！」

立ち上がりかけた彼の腕を、カイルは掴んだ。

「違うんだよ、ロニ。嬉しいって言ったのは、本当のオレの冒険が始まったからだよ！」

「冒険……？」

「そうさ！　だってさ、レンズの中から女の子が出てきたんだよ!?　その上『英雄を探しているの』だなんて、すごいじゃないか！」

　それを聞くと、ロニはため息をついた。

「すごいっていうか……変だと思うけどな、俺は。大体あの子は人間なのか？　レンズの中から出てくるなんて、どう考えたって普通じゃないぜ」

「だからだよ！　こんなの吟遊詩人《ぎんゆう》の物語にだって出てこないよ！　ロニ、オレ、旅に出る。クレスタに戻ったら、あの子を探す旅に出るよ。そして、オレがあの子の探している英雄だってことを、教えてあげるんだ！」

「って、おまえ、思いっきり『違う』って言われてたじゃんか」

「だから！　それはいまのオレのことだよ！……でも、未来はそうじゃない。絶対にオレが、あの子の英雄なんだ。そうに決まってるよ、うん！」

　拳《こぶし》を握り締め、カイルは大きく頷《うなず》いた。

　確かに、英雄じゃない、と言われたときは、母の――ルーティの張り手よりも強烈なショックを受けたが、人は変わるのだ。世の《勇者》とか英雄と呼ばれる人々も、初めからそうだったわけではない。いまは違っても、これから、あの子にふさわしい英雄になればいいだけのことだ――のびている間に、カイルの頭の中では、そう考えが変わっていた。

「ったく……恥《は》ずかしいくらいに前向きだよな、おまえは」

ロニは苦笑して、カイルのつんつんした金髪を軽く掻《か》き混ぜるようにした。

「そこが、おまえのいいところだけどな。……よし、俺もつき合うぜ」

「えっ!? でも、ロニはアタモニ神団に──」

「ばーか。オレはレンズを盗んだ罪でここにぶち込まれたんだぞ? いまさら戻れねえよ。それに、連中のやり口はどうにも面白《おもしろ》くねえ。表向きは、平等に誰にでも救いを施《ほどこ》す、とか言っておきながら、実際には、免罪符《めんざいふ》でも治療でも、レンズの寄進《きしん》の多い順だ。神団に入れば、孤児院の経営にも少しは援助を頼めるかと思ったが、全然だ。援助が欲しけりゃ、レンズを持ってこい、だとよ。どのみち、愛想《あいそ》を尽かしてたんだ。いい機会だぜ」

「ロニが神団に入ったのは、オレたちのためだったの!?」

「ま、まあな……ルーティさんには内緒だぜ?」

ロニは照《て》れたように鼻の頭を掻いた。

「それに、やっぱり俺のいるべき場所は、カイル、おまえの隣なんだってことが、今度のことでよくわかったぜ」

「なんだよ、ロニ。オレってそんなに頼りない?」

茶化すようにカイルは言ったが、ロニの顔は真剣だった。

「そうじゃない。俺はできることならスタンさんの……俺たちの父さんの代わりができたら、って思ってる。そうだ。あの日からずっと……」

「あの日……？」

カイルが問い直すと、ロニはハッとしたように手を放し、顔をそむけた。

「い、いや、なんでもねえ。――とにかく俺はついて行くぜ、おまえの冒険の旅に！」

「ただの冒険じゃないよ、ロニ。英雄になるための冒険の旅さ！」

カイルはロニと見つめあい、そうして笑顔を見せあった。だが――

「フフフフ……アーッハッハッハッ！」

突然、狭い物置に笑い声が響いて、二人は背中を合わせるようにして身構えた。

「誰だっ！」

「……おまえ、自分が英雄になれるなどと、本気で思っているのか？」

澄《す》んだ声が聞こえ、部屋の隅、天井に近い闇の中で、小柄な影が身を起こした。

「だとしたら、おめでたい奴《やつ》だ」

「なんだとっ」

ロニが気色《けしき》ばみ、しかし、武器がないことを思い出したのか、カイルを背中にかばうようにして拳を握った。

影は音もなく床に降りた。背中でバサリと漆黒《しっこく》の翼が広がる。ランプの明かりの中に、ゆっくりと影は歩み出たが、光の中にあっても、影はやはり影だった。

——少年と見えた。

ほっそりとした全身を、黒い服で包んでいる。胸には十字架を思わせる模様が、長袖《ながそで》の両腕と裾《すそ》の広がったズボンの左の足には、炎を思わせる模様が淡い水色の縁取りで描かれ、先が割《わ》れた両袖からは桃色をしたレースが覗《のぞ》いている。

左の腰には細身の剣が下がり、後ろに短剣と、あとひとつ漆黒の布に包まれた何かを負っていた。それを隠すように、肩から闇そのもののようなマントが、足元へと流れ落ちている。

だが、もっとも少年を異様に見せているのは、顔を隠す、その仮面だった。

おそらくは怪物のものであろう頭蓋骨《ずがいこつ》を、加工してかぶっている。仮面の眼窩《がんか》から覗く瞳《ひとみ》は紫色をしていて、髪は炭のように黒い。仮面と、彼の肌《はだ》だけが、唯一《ゆいいつ》、ランプの光の中で白く輝いていた。

「誰だ、てめえ」

ロニは不意の攻撃に備えて、軽く腰を落とした。だが、仮面の少年は彼には興味がなさそうに目を逸《そ》らし、カイルを見つめた。不思議と、カイルは恐怖や敵意を感じなかった。

「ねえ……」

とカイルは口を開いた。

「どうして、オレが英雄になれないの？」

「おい、カイル！」

「いいじゃんか、ロニ。あの子は、オレが英雄じゃない理由を教えてはくれなかったけど、この人は教えてくれるつもりがありそうだよ」

「だからってなあ！」

「聞いてみたいんだよ、オレ」

カイルの意気に押され、ロニは開きかけた口をため息とともに閉じた。だが、警戒《けいかい》を解いたわけではない。何時《いつ》でも攻撃に移れる体勢は維持《いじ》したままだ。

カイルは仮面の少年に向き直った。

「ねえ、教えてよ。どうしてオレが英雄になれないのか、さ」

「簡単なことだ」

仮面の少年は、前髪をさらりと撫《な》でるように払った。

「――英雄とは、過去の功績に対して人々から送られる《称号》。自《みず》らなろうとするものではなく、なろうと思ってなれるものでもない」

それを聞くと、ロニは挑発するように口元をゆがめた。

「……ずいぶんとわかったような口をきくじゃねえか、仮面の坊や。まるで、自分こそが英雄だとでも言いたげだな」

「僕は英雄なんかじゃない」

少年は仮面の中で微《かす》かに目を伏せ、呟《つぶや》いた。その声には、痛みがあったように思えたが、再び目を上げたとき、瞳にはそうしたものは微塵《みじん》も感じられなかった。

「……だが、そう呼ばれるにふさわしい人物を、少なくとも四人、僕は知っている」

「四人？　ははあ……そういうことか。おい、坊や。あの人たちのことを知ってるなんてぇのは、自慢にも何にもならねえぜ。知らねえ方がおかしい。だが、いいか？　俺たちなんざ、知ってるだけじゃないぜ。その内の二人と知り合い――いや、家族さ！　なにせ」

ロニは、カイルの肩に手を回して、前に突き出すようにした。

「こいつの両親が、そうだからな！」

「両親が英雄だと……？」

仮面の奥で、紫の瞳に光が凝《こご》った。少年はカイルをじっと見つめていたが、怪物の上顎《あご》と下顎の間で、薄い唇《くちびる》が微かに動いた。

カイルにはそれは、『そうか、あいつらの……』と呟いたように見えたが、声としては聞こえなかったので、はっきりとはしなかった。

「驚いて声も出ねえ、って感じだな。ま、そういうことだ。英雄のなんたるかを、わざわざおまえに教えてもらう必要はない、ってことさ」

ロニは、ぽん、とカイルの肩を叩《たた》いた。

「気が済んだか？　よし、とっとここをずらかる方法を考えようぜ。アタモニの連中がいつ戻ってくるかわからないからな。とはいえ、武器もねえし、どうしたもんだか……」

「……おい、ここを出たいのなら、いい考えがあるぞ？」

仮面の少年が、不意にそう言って、

「ほんと⁉」

とカイルは顔を輝かせたが、ロニは不信感を隠そうともしなかった。

「待て待て、カイル。どこの馬の骨ともわからない奴の言うことなんか、信用できるかよ。わざと脱走させて、罪を重くしようって神団の連中の罠《わな》かも知れねえぞ」

「くだらん。どのみちおまえたちは異端審問《いたんしんもん》にかけられるのだろう？　これ以上罪を重くする意味がどこにある」

「そうだよ、ロニ！　それに早くしないと、あの子、どんどん遠くに行っちゃうよ！」

ロニはカイルと少年を交互に見、観念したように肩を竦《すく》めた。

「おまえの好きにしな、カイル。確かにこれ以上どうしたって状況は悪くなりっこねえや」

「うん！」

カイルは大きく頷くと、少年に向き直って手を差し出した。

「オレ、カイル！　君は？」

「名前など、僕にとっては無意味だ。おまえたちの好きなように呼ぶがいい」

「だったら、頭蓋骨小僧、ってのはどうだ？　仮面坊や、ってのもいいな」

握手をしようとしない少年の様子に、ロニはそんな憎まれ口をきいた。

「ロニ！　ごめんね、君。ええとじゃあ……ジューダス！　どう？　格好良くない？」

「……ジューダス、か。好きにしろ」

「んじゃ、決まりだな。んで、ジューダスさんよ。どうやって、こっから出るつもりなのか、そいつをぜひ教えて欲しいもんだね」

「簡単だ。出口から出ればいい」

そう言うと、仮面の少年――ジューダスは腰の剣を引き抜いて鉄格子へと向かった。

「はあっ！」

気合いとともに細身の剣を一閃《いっせん》させると、鉄格子はその向こうの木の扉ごと、まるで飴《あめ》か何かのように斬《き》り裂かれ、ガラガラと崩れ落ちた。

「す、すげえ……」

ジューダスの腕前に、カイルはもちろん、さすがのロニも息を呑《の》んだ。

パチン、と鞘《さや》を鳴らして剣を収めると、涼しい顔でジューダスは二人を振り返り、前髪を払うようにした。

「何を呆《ほう》けている。さっさと行くぞ」

闇色のマントを翻《ひるがえ》した彼のあとを追って、カイルとロニは慌《あわ》てて地下室を出た。

「まっくらだ……」

膝《ひざ》まで浸《つ》かる水路に立って、カイルは呟いた。ほとんど何も見えない。

「こんなところ、どうやって行けばいいのさ、ジューダス」

ロニの姿はぼんやりと見ることができるが、もともと、夜のような格好をしたジューダスは、すっかり闇に融《と》けてしまっている。

「あわてるな。さっき渡した指輪があるだろう？　それを使って壁の松明《たいまつ》に火を灯《とも》せばいい」

「こう？」

カイルは右手を突き出すようにして、指に力を込めた。すると指輪――ソーサラーリングがチカッと輝いて、直後、壁の松明が燃え上がり、辺りを照らし出した。

ジューダスから渡されたこの指輪は、レンズを使った製品のひとつだということだった。

カイルたちが閉じ込められていたのは、ダリルシェイドにあった、オベロン社の総帥《そうすい》ヒューゴ・ジルクリストの屋敷の地下室で、『《神の眼《め》》を巡《めぐ》る争乱』の首謀者の屋敷であったあの場所をアタモニ神団が接収し、そのまま簡易《かんい》の神殿として利用していたらしい。

「もっとも本当の理由は、レンズの情報を集めるためだったらしいがな」

そう言ったジューダスは、地下にある隠し扉の存在を知っていて、そこから地下水道へと見事に脱出に成功した、という次第だった。取り上げられた武器も隣の部屋にあって、持ち出すことに成功していた。

ロニは、隠し通路のことを知っていて、それでもなお、捕らわれたままでいたジューダスの

ことを怪しんだが、カイルは、

「きっと一人じゃ心細かったんだよ」

という、とてもジューダスが考えそうには思えないことを言って、ロニを呆《あき》れさせた。

明かりの中に浮かび上がった通路は、水道というよりも、むしろ古い屋敷の一部のような壮《そう》麗《れい》さだった。時に、水は腰の辺りまで深くなることもあったが、汚水というわけではなく、地下を流れる川のように澄んでいた。

そこを、三人はほとんど無言で進んだ。

ジューダスはもともとお喋《しゃべ》りな方だとは思えなかったし、ロニは周囲はもちろん、ジューダスのことも警戒していて、雑談をする余裕はなさそうだった。そして、カイルはカイルで、このなぞめいた少年との出会いもまた、英雄になるための冒険の物語としてはふさわしい、などということを考え、同時に、レンズから出てきた少女のことを考えていたので、沈黙は気にならなかった。

特に困難らしい困難もなく三人は水路を進み、やがてひとつの扉の前に辿《たど》り着いた。

「なんだ、これ?」

指で突いてみると、ねばねばしていた。まるで、蜘蛛《くも》の糸を何億倍にも太くした網《あみ》のようだ。それが壁から壁に渡されていて、三人の行く手を阻《はば》んでいた。

「ちょっとどいてみな」

ロニが前に進み出て、ハルバードを振り下ろした。だが、刃《やいば》は少しも食い込まず、糸は伸びただけで、裂け目もできなかった。

「斬ったり殴ったりじゃダメなんだよ、きっと」

そう言って、カイルはソーサラーリングを試すことにした。飾り石のように見える部分が光った瞬間、糸の一部がパッと火を吹いて燃え上がったが、すぐに消えてしまい、ほかに類焼《るいしょう》することはなかった。粘液《ねんえき》のせいかもしれない。

「それでちまちまやってたんじゃ、埒《らち》があかねえな」

「あ、じゃあ、晶術《しょうじゅつ》はどうかな？　バーンストライクで、バーンと！」

「くだらん」

吐き捨てるようにジューダスは言った。

「って、それ洒落《しゃれ》のこと？　それとも術を使うこと？」

「両方だ。特に洒落はどうしようもない。晶術にしても、おまえ、きちんと制御《せいぎょ》できるんだろうな？　こんな狭い水道で火炎系の術を使って暴走させてみろ。全員、丸焦《まるこ》げだ」

「そう言われると、自信ないけど……フレイムドライブならなんとか……」

しゅん、として唇を尖《とが》らせたカイルに代わって、ロニが拳を握った。

「んだよ！　だったらおまえは、何かいい考えがあるんだろうな！」

「当然だ。――どけ」

言って、ジューダスは踵《きびす》を返すと、すぐ傍《そば》にあった石の飾りの前に行き、これを一刀のもとに土台から切り離し、カイルに投げてよこした。

「そいつを下に置いて、火を灯せばいい。ソーサラーリングのような一瞬の火でなければ、その網も燃えるだろう」

言われた通りにカイルは石の飾りを置き、その上の芯《しん》と思《おぼ》しき場所にリングを向けた。指に力を込めると、火花が散って赤々と石の飾りに火が灯り、それはじりじりと網を嘗《な》めて、ついには糸を完全に焼き溶かした。

「やった！」

カイルは手を打ってジューダスを振り返ったが、彼は水面をじっと見て、動かなかった。

「ジューダス？」

「しっ。……何かいるぞ、気をつけろ」

途端、水の中から三メートルはある巨大な蛇《へび》のような怪物が踊り出て飛沫《しぶき》を上げた。水面に立った波が石飾りの火を消し、カイルは足を取られて倒れるところをロニに支えられて、何とか剣を抜くことができた。

「ヴァサーゴか！」

おそらくはその蛇のことだろう名前を言って、ジューダスは双剣を引き抜いて構えた。二つの刃の輝きは、薄闇の中で、猫の爪《つめ》のように鋭く輝いた。

「バサゴだかなんだか知らなけど、オレとロニは天地戦争時代の機械兵を倒したんだ！　こんな蛇もどき、敵じゃないさ！　やろう、ロニ！」

「おう！」

カイルとロニは、それぞれの得物《えもの》を手に、ジューダスの脇《わき》を駆け抜けるようにして、ヴァサーゴへ踊りかかり、刃をたたきつけた。硬い岩を殴りつけたような感覚があって、手がじんと痺《しび》れ、二人とも危うく武器を取り落としそうになった。

「バカ！　避《よ》けろ！」

ジューダスの警告は、しかし、遅かった。二人はヴァサーゴの尾の一撃を受けて吹き飛ばされ、たっぷりと水を飲む羽目《はめ》になった。

「……バカが」

槍《やり》のように繰り出された、ヴァサーゴの追い討ちを短剣で払い落とし、ジューダスは吐き捨てるように言った。そうして敵を誘うように、横へ――カイルたちが這《は》いつくばっているのとは、逆の方向へ動いた。

「英雄になる前に、こんなところで死にたいのか？　もっと敵をよく観察し、見極《みきわ》めろ」

ヴァサーゴは大きく喉《のど》を膨《ふく》らませると、くわ、と巨大な口を開き、大量の水を一気にジューダス目掛けて吐き出した。軽々と岩を抉《えぐ》るほどの水圧の奔流《ほんりゅう》が、小柄な黒い影を飲み込む！

「ジューダス！」

カイルとロニは慌てて立ち上がった。だが——

「うろたえるな、バカが」

ジューダスは、まったくの無傷でそこに立っていた。僅《わず》かに双剣の刃だけが濡《ぬ》れている。

「水流を、斬り落としたのか……？」

驚いたようにロニが呟く。だが、それには答えず、ジューダスは顎をしゃくるようにした。

「見ろ。ヴァサーゴは、この攻撃の後、硬質な鎧《よろい》に隙間《すきま》ができて、柔らかい組織が剝《む》き出しになる。攻撃をするなら、そうした隙をつけ」

「う、うん！」

カイルは素直に感心し、頷いた。それを見て、ジューダスは小さく舌打《したう》ちをした。

「ぼやぼやするな！　次がくるぞ！」

黒いマントを翻し、ジューダスは走った。派手に舞い動くマントがヴァサーゴの本能を刺激するのか、巨大な蛇の怪物は、彼の方を向いて体を滑らせた。再び喉が膨らみ、水流が打ち出される！

だが、今度も、ジューダスは喰《く》らわなかった。

黒い風のように奔流をするりとかわし、ヴァサーゴに向って大きく跳躍《ちょうやく》した。

長い頭に跨《また》がり、双剣を首の付け根の甲殻《こうかく》の隙間に突き刺す。そして一気に交差させるように動かして頸骨《けいこつ》を神経ごと断ち斬る！

カイルとロニも負けじと続き、剣と斧《おの》で思い切り斬りつけ、深々と肉を抉《えぐ》った。

――血をしぶかせてヴァサーゴは倒れ、水を赤く染めて二度と動かなかった。

「や、やった……」

水の中に尻餅《しりもち》をついて、カイルは呟いた。ロニもハルバードに寄りかかるようにして、息をついている。だがその中にあってジューダスは、返り血も浴びず、悠然《ゆうぜん》と双剣を鞘に収めた。

「いつまでそうして座っているつもりだ？　行くぞ」

「あ、うん……」

カイルはロニに手を貸してもらって立ち上がると、扉を開けにかかったジューダスの傍に向かった。重たげな金属製の扉が開かれると、明らかにそれまでとは違った、新鮮な空気が流れ込んできて、血の臭《にお》いを吹き流してくれた。

外に出れば、そこは巨大な筒のような通路だった。数メートル先で途切れていて、夕焼けの輝きが、あたりを赤く染めている。

「ここはもう街の外だ。神団の連中が来る前に、さっさと行くがいい」

「うん……ジューダス、ありがとう」

「別に礼を言われる筋合いはない。ヴァサーゴを倒すのに人手が欲しかっただけだ」

それは下手な嘘《うそ》に思えた。悔《くや》しいが、自分たちがあの戦闘で役に立ったとは思えない。それどころか、怪物との戦いの指南《しなん》までしてくれたのだ。けれどそれを言っても、この仮面の少年はきっと認めないだろう。そのくらいのことはわかった。

「それでも、ありがとう。本当に助かったよ！」

カイルは、にっこりと笑った。

「行くぜ、カイル！　早く来いよ！」

早々と、筒の先から下の足場に飛び降りて、上半身だけを覗かせたロニが彼を手招いた。

「うん！——それじゃあ、ジューダス。またどこかで会えるといいね！」

そう言うと、ジューダスの仮面の奥で、紫の瞳が僅《わず》かに揺れた。

「カイル……」

「え、何？」

「僕は……僕は、おまえと一緒に……」

足を踏み出しかけ、しかし二人の間を一陣《いちじん》の風が吹き抜けると、ジューダスは小さく息をついて、乱れた前髪を直した。瞳はもう揺れていなかった。

「……いや、なんでもない。せいぜい頑張ることだ」

ジューダスはカイルの脇をすり抜け、通路の端を飛び降りた。その後ろ姿は、すぐに木々の間に見えなくなってしまった。

「ったく、変な奴だぜ」

ち、とロニは舌を打った。

「そうかな？　ジューダスはいい人だよ。それにちょっと不思議な感じがするし」

「あのなあ、カイル。ああいうのは不思議じゃなくて、怪しいっていうんだよ。――ほら、いいから手を出せよ」

「え？――うん」

カイルはロニに手伝ってもらって通路の外に下りると、大きく息を吸い込んだ。

「ん――……それにしても、いろいろあったなあ！」

「ったく暢気《のんき》だなあ、おまえは。わかってんのか？　俺たち、ルーティさんに無断で出かけたんだぜ？　おまけに、これから当てのない冒険の旅に出ようってんだ。許してもらうのは骨が折れるぜ？　まあ、マッハビンタの三連発くらいは覚悟しとくんだな。――って俺もか！」

ロニは、心底震え上がったように、顔を両手で挟《はさ》むようにした。

「ルーティさんのビンタは強力だからなあ……噂《うわさ》じゃ、天上王ミクトランが鼻血を出したって言うぜ？　ああ、恐ろしい恐ろしい」

そんな風にふざけながら、ロニは急な斜面を下り始めた。

「あ！　待ってよ、ロニ！」

カイルはすぐにあとを追いかけ、二人の影は、十八年前の争乱で抉られた、ダリルシェイドの大地の焦げた斜面に、長く長く伸びた。

3　旅立ちと再会

「まだ早いって言ったのに、黙ってあんなところに行くなんて、なに考えてるの！」

ルーティ・カトレットは、机を激しく叩《たた》いた。

その音にカイルとロニは首を竦《すく》めたが、彼女の怒りはこれまで見てきた、そのどれとも違っていた。顔は青ざめ、声も微《かす》かに震えている。普段でもきつめの瞳《ひとみ》が、今日はさらに険《けわ》しい。

赤いノースリーブの上に白いシャツを重ね着して袖《そで》を捲《まく》り、黒いズボンの腰にはエプロン代わりの大きな布を巻きつけた姿は、とても三十六歳には見えず、今でも二十代で通る。ビビりながらロニは、

(やっぱ、ルーティさんは怒ってるときが一番綺麗《きれい》だぜ)

などと、場違いなことを考えていた。

「みんながどんなに心配したか、わかってるの⁉」

もう一度、ルーティは机を叩いた。孤児院の子供たちが、何事かと階段を下りてきて食堂を覗《のぞ》き込む。それに気がついて、ロニは後ろ手で、あっちに行っているように言った。

「だ、黙ってラグナ遺跡に出かけたのは悪かったと思ってるよ。でも、そのおかげで、やっと自分が何をしたいかわかったんだ。母さん、オレ、ロニと一緒に――」

「うるさい！」

ルーティはそう怒鳴ると、これで話は終わりだ、というように背中を向けた。

「いいから、今日はもう寝なさい！」

「いやだ！　ちゃんと話を聞いてよ！　オレ、父さんみたいになりたいんだ！　父さんみたいなすごい英雄に！　だから――」

途端、ルーティは見たこともないような険しい顔で振り返ると、カイルの顔を思い切り張り飛ばした。ロニも、子供たちも、思わず首を竦めて震え上がるほどで、カイルは壁にほとんど叩きつけられる格好になって、そのままずるずると床に尻餅《しりもち》をついた。

「ふ……ふえええぇ……」

一人が泣き出すと、あとはもう連鎖《れんさ》だった。いつもなら、どんなに怒ってもここで笑顔を見せて、子供たちをなだめるルーティだったが、今日の彼女は違っていた。悲しげに眉《まゆ》をひそめると、中庭に走るように出て行ってしまった。

「ほらほら、泣くな泣くな」

ロニは子供たちを抱きしめて、その背中を軽く叩いてやった。

「母さんは、おまえたちのことを怒ったわけじゃないんだ。それに、カイルのことをぶったのもな、すごく心配したからなんだぜ？　愛してるからぶったんだ。わかるよな？」

次第に泣き止《や》みながら、子供たちは頷《うなず》いた。

その頭を撫《な》でながら、ロニはカイルを振り返った。彼は顔を押さえたまま、うつむいて動かなかった。

「大丈夫か、カイル？」

「……うん」

「まあ、仕方ないさ。心配かけたのは本当だしな。明日、もう一度、話すことにしようぜ。きっとわかってくれるさ」

うつむいたまま、カイルはこっくりと頷いた。


ルーティはそんなロニの言葉を、扉に寄りかかりながら聞いていた。

外はもう日が完全に暮れて、空を仰《あお》げば満天の星が輝いて揺れている。それを見つめるうちに、胸の内に渦巻《うずま》いたどうしようもない怒りは、次第に収まっていった。

（いつか、こんな日が来るって思っていたわ……）

ルーティは、静かに息を吐《つ》いた。

（なんたって、あんたとあたしの息子だもんね……。それにしても、英雄になりたい、だなんて、そんなところまで似なくてもいいのに）

空を見上げたまま、ルーティは微かに微笑《ほほえ》んだ。

（あ。あんたが村を出た理由は、もっとちっぽけだったっけ。それに比べたら、あの子はずっと大物かな？　それとも大馬鹿《ばか》？　英雄だ、なんて、周りの連中が、勝手に言ってるだけなのにね？）

ゆっくりと息を吸うと、夜気《やき》が肺《はい》に染《し》み渡った。じん、と痺《しび》れたように痛む手を上げて、それで星を遮《さえぎ》るようにした。

（でも、仕方ないよね？　男の子だもん。ロニだって一度は出て行ったんだし、あの子がついていてくれるなら、少しは安心だよね？……わかってるわ、スタン。あたしだって、あんたと一緒に冒険をしたんだもの。それが、どういうことかってことは知ってる。命を落とすかもしれない、ってことも。でも、きっとあの子は止められない）

手をかざすのをやめると、膝《ひざ》の上でそれを組んで、とん、と額《ひたい》をのせた。

（覚悟はできてるつもり。明日、あの子が打ち明けてきたら、あたし……）

ルーティは、深い——本当に深いため息を吐いた。

（結局、眠れなかったな……）

夜が明けてもまだ、昨日、叩かれたところが、何となく痛むような気がして、カイルは頬《ほお》をさすった。

だが、特に腫《は》れているわけではない。

カイルはベッドを抜け出すと、珍《めずら》しく毛布を綺麗に畳《たた》んで着替え、机の上に置いておいた古い革《かわ》の巾着《きんちゃく》型の袋を手にした。

昨日のうちに、旅の準備をしておいたのだ。

僅《わず》かな着替えと、こっそり蓄《たくわ》えたお金、それに武器を手入れするための道具を一式、それに『剣術指南書《しなんしょ》』が入っている。

(母さんが納得しようとしまいと、オレは行くんだ)

カイルはそう決意をしていた。

部屋を出ると、まだ時間が早いためか幼い子供たちは誰も起きていなかった。

けれど、下の階からは美味《おい》しそうな匂《にお》いが立ち上ってきていた。ルーティがもう、朝食の準備を始めているのだろう。チーズの濃厚な香りと、甘い玉葱《たまねぎ》の匂いがする。

袋を肩に担《かつ》いで階段を下り、食堂の入り口に剣とともに置いた。おそるおそる覗くと、ルーティは直火《じかび》式石炭レンジに向かって、鍋《なべ》を掻《か》き混ぜていた。

「……お、おはよう、母さん」

声が裏返らないよう気をつけながら、カイルは言った。また、怒鳴られるかと思ったが、気味が悪いくらいに、ルーティは上機嫌だった。鼻歌すら出ている。

「おはようさん。珍しいわね、あんたが一人で起きてくるなんて。リリスちゃん直伝《じきでん》の《秘技・死者の目覚め》はもう卒業したのかな？」

リリス、というのはスタンのひとつ年下の妹のことだ。《秘技・死者の目覚め》は、カイルにしっかりと遺伝した、究極の寝坊助《ねぼすけ》のスタンを起こすために編み出された奥義《おうぎ》で、鉄鍋を御玉で叩きまくる、という恐ろしい技である。

「……寝なかったんだよ」

「ふうん……ま、早起きはいいことよ。ちょうど朝ご飯ができたところだから、席につきなさい。たまには、ゆっくり母さんとご飯を食べよう」

妙に機嫌のいい母の様子をいぶかしみながら、カイルはひとまず言われた通りにした。あのぐつぐつ煮えている鍋の中身を浴びせられでもしたら、冒険どころではなくなってしまう。

ルーティは大鍋から二人分を小鍋に移し替えると、それをテーブルに運んで、それから皿を出してカイルの前と、自分の席に置いた。いつもなら、

「ほら、カイル！　さっさとお皿を出す！」

という声が飛んでくるはずなのに、まるでお客さんのような扱いで、なんだか落ち着かなかった。そわそわしてるうちに、目の前の皿にホワイトシチューが注がれた。ルーティも自分の皿にシチューを盛って、鍋をテーブルの中央に置き、席についた。バスケットを引き寄せると、中には硬めに焼いたパンが入っていた。

「さ、食べなさい」

「う、うん……いただきます……」

木のスプーンを手にして、カイルはシチューを食べた。それは、今までに食べた事のない味で、とても美味しかった。

「いけるでしょ？　ガゼルさんの奥さんに教わったのよ？　玉葱がポイントなんですって」

そう言って、ルーティもシチューを食べた。

本当に、久しぶりの二人きりの食事なのに、食卓を沈黙が支配していた。カイルはちらちらと母の様子を盗み見るようにしたが、ルーティがカイルを見ることはなかった。

仕方なくカイルは黙々と食事を続け、最後に皿に残ったシチューをパンで拭《ぬぐ》い取って綺麗に食べきると、息を吐いて姿勢を正した。ルーティも、ほとんど同時に食べ終わっていて、ナプキンで口を拭っていた。

カイルは、ごくりと唾《つば》を飲み込んだ。

「母さん、オレ……」

「さて。そろそろチビどもを起こさないとね。カイル、呼んできてくれる？」

ルーティは、またも話を遮《さえぎ》るように言って、席を立った。

「母さん！」

椅子《いす》を鳴らしてカイルは立ち上がった。皿を重ねていたルーティの手が止まり、心なしか肩が落ちたように見えた。

「……旅に出るんでしょ、ロニと」

静かな声に、カイルは傍目《はため》にもはっきりとうろたえた。

「し、知ってたの、母さん……!?」

「あたりまえでしょ？　あんたが何を考えてるかなんて、母さん、お見通しなんだから」

ルーティは皿を盥《たらい》に入れると、部屋の隅《すみ》に置かれていた古い革袋を取り上げて、それをテーブルに置いた。

「はい、これ。きったないでしょ？　でも、これは昔、父さんが使ってた物よ。あんたの持ってる袋よりは使い勝手がいいと思うわ」

「父さんの……」

受け取ると、袋の中には何かが入っていた。取り出してみれば、それは財布で、中には紐《ひも》で縛ったガルド紙幣《しへい》と、ガルド硬貨が入っていた。

カイルが顔を上げると、ルーティは優しく微笑んでいた。

「孤児院あてに時々送られてきていた、どっかの《足長おじさん》の寄付よ。あんたと同じ癖《くせ》字《じ》のおじさんのね」

「！　し、知ってたの、母さん！　でも、オレこんなにたくさんは――」

「いいから持って行きなさい！　子供は子供らしく、親の脛《すね》を齧《かじ》る！　ただし、これが最後だからね！……英雄になるって男が、いつまでもそれじゃおかしいでしょ？」

「母さん……」

ルーティは、カイルの跳《は》ねた金髪をひと撫《な》でするると、窓に寄って小さく息を吐いた。

「ねえ、カイル？　あんた、父さんのこと覚えてる？」

カイルは、スタンのものだったという袋を撫でながら、少しだけ顔を曇《くも》らせた。

「……本当のこと言うと、あんまり憶《おぼ》えてないんだ。父さんが旅に出たのって、十年以上も前なんだよね？　顔も思い出せないよ」

「そっか……」

ルーティは窓に額をつけるようにすると、しばらくそのままでいたが、振り返ったときには笑顔になっていた。

「立ちなさい、カイル」

「う、うん」

言われた通りにすると、カイルは母に強く抱きしめられた。カイルはもう十五歳である。気《き》恥《は》ずかしくて、早く離れたかったが、ルーティの腕はそれを許さなかった。

(誰にも、見られませんように……)

そんなことを思いながら、カイルは時間が過ぎるのを待った。ようやく放してもらえたかと思うと、今度はお尻《しり》をポンと叩かれた。

「さ、行ってらっしゃい。ロニはあたしの雷《かみなり》が落ちる前に逃げ出したから、広場で待ってるはずよ。行くからには、うんと暴れてくるのよ？　あいつに——スタンに負けないくらいに！」

「……うん！　オレ、めいっぱい暴れてくるよ！」

カイルは、スタンの残してくれた袋を摑《つか》むと、食堂を出、外に置いてあった袋をその中に押し込んで、剣を背中に負った。

準備が整うと、少年は一度だけ母を振り返った。

ルーティが手を上げると、カイルは頷き、住み慣れた孤児院の扉を開いて、大きく息を吸い込んだ。ここを出れば、今までとはまったく違う世界が待っているに違いない。そう思うと喜びに心が奮《ふる》い立った。

もはや振り返らず、カイルは足を踏み出した——冒険に向かって。


ルーティの言った通り、町の広場でロニは待っていてくれた。

いつものハルバードに、カイルのと同じような革の袋を肩に担いでいて、彼を見つけると笑顔になって手を上げた。

「無事に、ＯＫしてもらえたようだな」

息を切らしたカイルを、ロニはそう言って出迎えた。

「チビどもには挨拶《あいさつ》してきたのか？」

「ううん。まだ寝てたから、そのまま来ちゃったよ」

「おいおい、いいのか？　もう二度と会えないかもしれないんだぜ？」

「えっ⁉」

驚くカイルに、ロニは真面目《まじめ》な顔で、高台にある広場から一望できる町を示した。

「この景色だってそうだ。二度と拝《おが》めないかもしれない。——冒険に出るってことは、そういうことだ。ブエルやヴァサーゴのような怪物と、いや、もっととんでもない奴《やつ》と出くわさないとも限らねえ。他《ほか》にも、怪我《けが》をしたり、食べ物がなくなって飢《う》え死にすることだってある。冒険に出るっていうのは、そういう危険とともに歩くことだ」

「…………」

押し黙ったカイルに向かって、ロニはニヤリとして見せた。

「どうだ？　ビビったか？」

するとカイルは拳《こぶし》を握って、ロニの腹を、ぼす、と軽く殴った。

「バカ言うなよな！」

少年の顔には、不敵、といってもいい笑みがあった。

「やっと、本物の冒険の旅に出られるんだよ？　そりゃあ、危険だってあるさ！　危険のない冒険なんか、あるわけないじゃんか！　それに……オレは絶対にこの町に戻ってくる！　みんなに……あの子に認められるような英雄になって、絶対に戻ってくる！　だから、チビたちにお別れを言う必要なんかないよ！」

それを聞くと、ロニは本当に優しい微笑みを浮かべて、カイルの拳を包むようにした。

「……そうだ、カイル。冒険に出る人間に一番大切なこと……それは、絶対に生きて帰るってことだ。そいつを忘れるな。おまえのことは、俺が絶対に守ってやる。ルーティさんをこれ以上悲しませちゃだめだ。わかるな？」

「う、うん」

突然、真面目になった義兄にカイルは少し戸惑《とまど》ったが、手を放し、背を伸ばした時には、もういつものロニに戻っていた。

「さて、まずはどうする？　本当に当てもなくふらふらしてもしょうがねえ」

「決まってるよ！　まずは、あの子を探すんだ！」

カイルは拳をぐっと握った。

「あの子は英雄を探してる。だったら理由があるはずだろ？　オレが彼女の望みをかなえられれば、その時はオレが英雄さ――どう？」

「悪くはねえが……あの子が必要としているのは、英雄、って肩書きかもしれねえぜ？」

カイルは大したことじゃない、というように肩を竦《すく》めた。

「そのときはそのときだよ。とにかく、あの子にオレが英雄だって認めさせれば、肩書きだってその時点でつくってことだろ？　そうすれば、オレが彼女の望みをかなえられる。そうしたら、他の人たちも認める本物の英雄になれる！」

ロニはしばらく顎《あご》をさするようにしていたが、やがて、手を広げて大仰《おうぎょう》に肩をすくめた。

「ま、そんなところだろうな」

「ばっちりだよ！　さあ、早くあの子を探しに行こう！」

カイルは革袋を担ぐと、ロニの腕を取って引くようにした。

「待て待て。探すったってどうするつもりだ？　何か当てはあるのか？」

それを聞くと、カイルは腕を組んで本気で考え込み、うーんと唸《うな》った。ロニはその様子をしばらく見ていたが、額に脂汗《あぶらあせ》が浮いてきたのを見て、小さくため息を吐いた。

「ったく、しょうがねえなあ……いいか、カイル？　あの子の目的は何だ？」

助け舟を出されたのが少し不満なように、カイルは唇《くちびる》を尖《とが》らせた。

「英雄を探すこと……」

「そうだ。じゃあ、質問だ。この世界で、英雄と呼ばれるにふさわしい人物は？」

「あっ！」

パッと顔を輝かせたカイルに、ロニは頷いて見せた。

「そうだ。それは、『《神の眼《め》》を巡《めぐ》る争乱』から世界を救った四人――まず、スタンさんとルーティさん。それからファンダリア王国の英雄王、ウッドロウ・ケルヴィン陛下《へいか》。そしてアタモニ神団の象徴的存在で、いまもストレイライズ大神殿にいるフィリア・フィリス聖司祭《しさい》。あの子が英雄を必要としているのなら、まず間違いなくこの人たちに会いに行くはずだ。もっとも有力なのはスタンさんだが、あの人に会うことはできない」

「オレたちだって、いまどこにいるのか知らないもんね！」

カイルの言葉に、ロニは微かに頷いた。

「次に、ラグナ遺跡の位置を考えれば、ルーティさんに会いに来るのが順序ってもんだが、どうもその形跡はない。こんな田舎《いなか》じゃ、余所者《よそもの》が来ればすぐにわかるし、噂《うわさ》になるからな。しかもあの格好だ。それなのに、オレたちがとっつかまってる間に、あの子がクレスタに来た様子はない。だからここも除外する」

「でも、なんでかな？　どうして来なかったんだろう？」

ロニは小さく肩を竦めた。

「知名度の問題だろ？　ルーティさんがここに住んでるってことは、知る人ぞ知る、って感じだからな。もう少し、英雄って肩書きを利用してもいいと俺は思うんだが、ま、そこがルーティさんらしいっていえばらしいけどな」

「母さん、あんまり有名じゃないのかあ……」

どこか残念そうに言ったカイルの頭を、ロニは乱暴にかき回した。

「ばーか、違うぜ。どこに住んでいるのかがあまり知られてない、ってだけの話だよ！　ウッドロウ・ケルヴィン陛下は、一国の王だから知名度が高いのは当然だし、フィリア・フィリス聖司祭も、この間までは、アタモニ神団の看板だったからな。あの子が誰かに、英雄に会いたい、と訊《き》いたら、そいつはまず間違いなく、英雄王と聖司祭の名を挙げるだろうさ。さて、カイル。英雄王の治めるファンダリア王国へは、どうやって行く？」

「ええと確か、アイグレッテの港から船に乗って——あ、そうか！」

カイルは、閃《ひらめ》いた、とばかりに手を打った。

「ストレイライズ大神殿は、聖都アイグレッテにある！　英雄王と聖司祭、二人のどちらに会うにしても、必ずアイグレッテに立ち寄るんだ！」

「大正解」

薄く笑って、ロニはカイルのおでこを軽く叩いた。

「これで目標は決まったな？」

「うん！　目指すは、アタモニ神団の本拠地、ストレイライズ大神殿のある聖都アイグレッテだね！——って、ロニ！」

不意にカイルは顔を曇らせると、彼の腕を掴むようにして引いた。

「大丈夫なの？　ロニがレンズを盗もうとしたこと、バレたんだろ？　のこのこ捕まりに行くようなもんじゃないの？」

「ん、ああ……多分、大丈夫だろ？　調査団の隊長は、自分の権限の及ぶ範囲で俺を捕まえにかかるだろうが、おそらく聖都には報告しない。そんなことをしたら自分が責任を問われるからな。調査と探索に期限は切られてなかったから、数カ月は大丈夫だ。俺の顔を知ってる連中もいるが、堂々としてりゃあ、ばれねえよ」

それを聞いても、カイルの不安は完全には晴れなかったが、ロニは、心配すんな、というように彼のつんつんした頭を、またかき回した。

「大丈夫だって！　そんなに心配してくれるんなら、やっぱり出かけるのを止《や》めるか？ん？」

「……やだ」

「だろ？　だったらよけいなことを考えるなって。俺のことは俺が自分で決着をつける。おまえはあの子を追いかけることだけを考えていればいい」

「うん……」

まだ釈然《しゃくぜん》としないカイルの背中を、ロニは思い切り叩いた。

「よし、出発だ！　アイグレッテには行くには、街道を西に向かってから北へ進み、大渓谷《けいこく》ハーメンツヴァレーを越えるのが一番早い。あ、食料はたっぷり用意してあるか？　ダリルシェイドには寄るつもりはないからな。きっと俺たちのことを探している」

「うん、わかった」

大きく頷いたカイルに、ロニはにやりとして見せた。

「なんだよ、いっちょまえに、男の顔になってきたじゃねえか」

「何言ってんのさ！　オレは最初から男だよ！」

再びカイルはパンチを繰り出したが、これは難なくロニに受け止められてしまった。早朝の広場で二人はひとしきり笑いあうと、革袋を担ぎ、そうしてクレスタの町を出発した。

「橋が落ちたあ⁉」

大吊橋《つりばし》の手前の休憩所に多数の人々が集まっているのを見て、その内の一人に、何事かと尋《たず》ねたロニは、その理由を聞いて仰天《ぎょうてん》した。すぐに人垣《ひとがき》を掻《か》き分けるようにして、前に出たカイルたちは、驚くべき光景を目にして絶句した——本当に橋がない！

ここには、聖都アイグレッテへの巡礼の便宜《べんぎ》を図るために、神団がかけた世界最大の大吊橋があったのだが、それが消え失《う》せている。いまは、その残骸《ざんがい》が谷間を吹きぬける風に揺れているばかりだ。

「どうしよう、ロニ！」

靄《もや》に隠れて底の見えない谷を覗き込みながら、カイルは顔を曇らせた。

「谷を迂回《うかい》してたら、きっと追いつけないよ！」

「そうだな……」

顎を撫でるようにして、ロニは唸《うな》った。

クレスタの町を出て、すでに十日が経《た》っている。途中、アイグレッテ方面からやってくる行商人などから情報を仕入れながら旅を続けてきたが、あの少女に関する情報は、今朝方まで、まったく聞かなかった。

アイグレッテには向かっていないのか、と疑いだした頃、ようやく近隣に住む猟師《りょうし》から、それらしい少女がハーメンツヴァレーに向かうのを見た、という話を仕入れて、急いでやってきたのである。

吊橋が落ちたのは、昼の少し前だということだったから、少女が渡ったかどうかは微妙な時刻だった。下手をすると、渡っている最中に壊れた、という可能性もあったが、それについては極力、カイルは考えないことにした。

「とにかく、あの子がどうしたか、手分けして訊《き》いてみようぜ？　これだけの連中がいれば、誰かが目撃しているはずだ」

「うん！」

カイルとロニは崖《がけ》を離れると、どうしたらいいものかと話をしている人々に、少女のことを聞いて回った。だが、皆、自分のことで手一杯であり、なかなか有益な情報は手に入らなかった。それに橋が落ちてすぐにここを訪れた人々の多くは、迂回路《うかいろ》を行くために、すでにここを離れていた。

じわじわと焦《あせ》りが胸の内で渦巻《うずま》き始めた時、

「カイル！」

と呼ぶ声がして、振り向くとロニが一人の行商人らしい男の傍《そば》にいた。カイルは革袋を担ぎなおすと、すぐに彼の傍に行った。

「この人が、あの子を見たそうだぜ」

「ほんと⁉」

目を輝かしたカイルに、行商人は大きく頷いた。

「ひらひらしたピンクの服に真っ赤な靴の女の子だろ？　見たとも！」

「それで⁉　その子、どうしたの⁉」

「どうしたっけなあ……」

意味ありげに男は言って、ちら、とロニの腰のベルトに括《くく》りつけられた小さな革袋を見た。

ロニは、わかってるよ、という風に肩を竦めると、袋の口を開いて数枚のガルド硬貨を取り出して、それを男の手に握らせた。すると男の相好《そうごう》は簡単に崩れた。

「おうおう、思い出した！　いや、その子なら、橋が通れないってわかった途端、止めるのも聞かずに、そこから谷を下りていってしまったよ」

「マジか⁉」

ロニが驚いて声を上げた。確かに、ハーメンツヴァレーは人の力で登攀《とうはん》も可能ではある。だが、ときおり吹き荒れる突風のため、非常に危険であり、かつては先を急ぐ巡礼者が多数命を落としていた。

迂回路を使えば危険は減るが、谷を行けば一日で済む所を十日は見なければならない。

たかが九日の差、と思うかもしれないが、巡礼者の多くは、重い病《やまい》や深刻な悩みを抱えていることが多い。それゆえ、一秒でも早く聖都に赴《おもむ》きアタモニ神に祈りを捧《ささ》げたい、という思いから、登攀を試《こころ》みる者があとを絶たなかった。

しかし、谷を行った者の約半数は、途中で、落石に遭《あ》ったり、足を滑らすなどして、アイグレッテに辿り着けなかった。それを哀《あわ》れに考えたフィリア聖司祭の嘆願《たんがん》で、大吊橋が架《か》けられることになったのだ。

「ロニ、オレたちも行こう！」

カイルは彼の袖を引いた。

「行くって、崖を下りるってのか⁉　おまえ、ここがどんな場所かわかってるのか⁉」

「話には聞いて知ってるけど、でも、あの子はここを下りたんだろ⁉　だったら行かなくちゃ！　もしかしたら、途中で足を挫《くじ》いてるかもしれないじゃないか！　オレたちが行って、助けてあげなくちゃ！」

「おいおい……」

冗談だろ、と言うようにロニは目を手で覆《おお》うようにした。その彼に、行商人は少し体を寄せるようにした。

「兄さん。兄さん方も、ここを下りるつもりかい？」

「……ああ。どうやらそうなりそうだ」

「そうかいそうかい。だったら、いい物があるんだが、買わんかね？　丈夫なロープに手鉤《かぎ》、足鉤、山登りにはとても便利だと思うがね」

ロニは指の間から、銀色の瞳で男を睨《にら》むようにした。

「……ずいぶんと用意がいいじゃねえか、おっさん。まさか、あんたがこの橋を落としたんじゃねえだろうな？」

「まさか！　橋ができても、試練だ、とか言って谷を下りる連中はいるんだよ。私はそんな奴らを相手に商売をしているのさ。どうだい？　買わないかい？」

男はこびるように手を揉《も》み、ロニは、ちっと舌《した》を打った。

「わかったよ、二人分だ。少しは安くしろよ？」

「いやいやそれは、お山の価格、ってことで、できませんな」

「ったく、強欲は罪なんだぜ？」

ロニは、仕方なく商人の言い値で登攀セットを二つ買うと、ひとつをカイルに渡した。彼は素早くそれを装着すると、ロニの点検を受けてから、少女が下りたという場所に行って、下を覗き込んでみた。

途端、轟《ごう》、と風が吹き上げてきて、カイルの跳《は》ねまくった金髪を激しく揺らした。底の方はあいかわらず靄で見えない。

「どうやら、木を頼りに下りたみたいだな」

準備を整えて傍に来たロニが、同じように下を覗き込んでそう言った。谷の崖のあちこちには比較的大きな木が生えていて、それを伝えば確かに、ある程度は下りられそうだった。

「よし、行くか」

ハルバードと革袋を背中に括《くく》りつけたロニが、当然のように先に立つ。

「カイル、俺が使った足場を利用してついて来いよ？　間違っても俺の頭の上に石を落とすんじゃねえぞ？」

「わかってるよ、ロニ！　まかせとけって！」

その根拠のない自信が不安なんだよなあ、と言って、ロニは最初の木に足をかけると、二段ベッドの梯子《はしご》を下りる気軽さで崖を下り始めた。

カイルも、少しおっかなびっくりにあとに続いた。鉤をしっかりと木の枝や崖の隙間にかけながら、慎重に下りていく。だが、十メートルも下りないうちに、早くも体中の筋肉が悲鳴をあげ始めた。

（背中が、攣《つ》りそうだ……）

剣術とはまったく違う筋肉を使う登攀は、思っていた以上に大変だった。だがロニは、まったく平気な様子で先を行く。カイルは歯を食《く》いしばって、決して弱音を吐かずに、彼を追いかけた。これは、自分が言い出したことだ。

三時間ほど下りたところで、大きく張り出した岩を見つけて、二人はようやく一休みすることができた。すぐ後ろでは、間欠泉《かんけっせん》のように、ときおり突風が吹きぬけていく。

「疲れたか？」

と聞いたロニに、カイルは首を振った。本当は、口をきくのも億劫《おっくう》なほど、疲労していたのだが、それは言わなかった。ロニは黙ってポケットからアップルグミを出すと、ひとつをカイルに渡して、もうひとつを自分で食べた。

「ここまで来れば、あとは少しは楽《らく》になるぜ。足場も増えるしな。ただ、崩れやすいから気をつけろよ？」

グミを口に入れてカイルは頷いた。甘酸《あまず》っぱい味が広がって疲労が消える。水筒を渡してもらいながら辺りを見回したが、どこにも少女らしい人影はなかった。

（無事に下りられたのかな……）

なんとも言えなかった。この辺りにはオキュペテーという怪物がいる。そいつは、女性の体に猛禽類《もうきん》の翼と足を持っていて、旅人を襲っては攫《さら》い、自分の巣に運んで子供の餌《えさ》にするということだった。

ひょっとしたら……という考えを、カイルは追い払った。と、何かがきらりと光ったのを、瞳の端で捉《とら》え、少年は、崩れて離れてしまっている向こうの足場を見た。光を弱めるために目を眇《すが》める。すると、木の根元に何かが落ちているのが見えた。

「あ！」

カイルは思わず声を上げ、ロニはグミを喉《のど》に詰まらせたのか、むせ返って胸を何度も叩いた。

「な、なんだよ、カイル」

「見てよ、ロニ！　ほら、あれ！　あれ、あの子のペンダントだよ！」

「どれ……あ、本当だ。落として気づかずに行っちまったのか？　それとも鳥女に捕まって、それであれだけ残ったのか？」

嫌なことを言ったロニの脇腹《わきばら》を、カイルは肘《ひじ》で軽く突いた。

「落として気がつかなかったに決まってるじゃんか！　きっと探してるよ。だって、すごく大事そうにしてたもの。そうだよ！　だから、あの子はまだこの辺りにいるはずだ！」

そう言うとカイルは、ロニが止める間もなく向こうの足場に飛び移った。

木の根元に駆け寄って拾ってみれば、間違いなくそれはあの少女の首に下がっていた、レンズのペンダントだった。このレンズ、とても強い《晶力《しょうりょく》》を感じる。

「おいおい、俺を置いてくなよな」

すぐにあとを追いかけてきて、肩越しに手元を覗き込んだロニに向かい、カイルはなんだか気味の悪い笑みを浮かべた。

「な、なんだよ？」

「へへへ、あの子の落し物をオレが拾うなんて、これってやっぱり《運命》だよね！」

するとロニは呆《あき》れたように片眉を上げて、カイルのおでこを突いた。

「ばーか。あの子の他《ほか》には、俺たちしか谷を下りてないんだぜ？　だったら、そいつを俺たちが拾っても、少しも不思議じゃねえって」

カイルはおでこをさすりながら、少し唇を尖らせた。

「ロニは、夢がないなあ……だから、女の子に振られてばっかりなんだよ」

「よ、よけいなお世話だっての！」

珍しく顔を赤くして、少しだけ本気でロニはカイルの頭を小突《こづ》いた。危うくペンダントを落としそうになって、カイルは慌《あわ》ててしっかりとそれを握り直した。

「危ないじゃんか！」

「おまえが、人の古傷を抉《えぐ》るようなことを言うからだ！　だいたい、俺は振られてるんじゃない！　自ら身を引いているだけだ！」

「ふうん……ま、いいやどうでも」

「い、いいのか、どうでも……？」

何となく納得がいかない、と言った様子で、ロニはブツブツ言っていたが、カイルの心はすでに少女のもとへ飛んでいて、これを返したときに、あの子はどんな表情をするだろう、と考えていた。ペンダントを大切にポケットにしまうと、カイルは荷物を背負いなおし、ロニに向かってもう一度笑顔を見せた。

「さ、ロニ。先を急ごう！」

「……ったく、振られたわけじゃねえってのに……」

ロニはまだ愚痴《ぐち》がありそうだったが、グミの効果もあって、カイルはすでに体力を回復していて、足はずっと軽くなっていた。

再び出発した二人は、数時間後には谷底に辿り着き、奈落《ならく》へ続いているといわれている暗い裂け目を飛び越えると、反対の崖を今度は上り始めた。少し上に、これまでで一番広いであろう足場があるのが見えて、まずはそこを目指して登攀した。

先にロニが上り、手を貸してもらってカイルがその場所に上ってみると、足場は崖の裂け目へ通じていて、そこから微かに風が吹き出してきていた。

（……しよう）

「！」

風に乗って少女の声が聞こえた気がして、反射的にカイルは背筋を伸ばし、耳を澄ました。

話しかけようとしたロニに、手で、黙っていて、と合図する。すると——

「……どうしよう……にも……ない」

今度こそ、はっきりと、少女の声が聞こえた。

ロニにも聞こえたようだ。二人は急いで岩の裂け目へ向かい、間を抜けた。その先は広い空洞のようになっていて、周りを岩壁に囲まれていたが、天井は抜けていて蒼《あお》い空が見えていた。

(いた!)

カイルは、嬉《うれ》しさに肌《はだ》が粟立《あわだ》つのがわかった。

あの少女が、背を向けて立っている。服装は現れた時のままで、うつむいた頭に続く、うなじがとても白かった。腰から伸びた細く長いリボンが、生きているかのように風になびいている。

「どうしよう、見つからない……あれがなかったら、わたし……」

少女の声は、はっきりと震えていた——肩も。

(泣いてる……?)

なぜだかカイルには、彼女がとてもはかなく見えた。決して捕まえる事のできない、幻《まぼろし》のように。それとも、泣いている女の子は、みんなこんな風に見えるのだろうか?

少女は涙を拭《ぬぐ》うと、顔を上げて空を仰《あお》いだ。

「探さなきゃ」

呟《つぶや》いた言葉はとても力強かった。少女は振り向き、そして、栗色《くりいろ》の瞳にカイルとロニを認めると、びくっと震えて後退《あとず》さった。

「あ、ごめん! その……脅《おど》かすつもりじゃなかったんだ」

そう言って両手を上げたカイルを見て、少女は誰だかわかったようだった。愛らしい顔から怯《おび》えは消え、代わりに挑戦的な表情が浮かんだ。だが、目は腫《は》れぼったい。

「……なんですか？　わたし、忙しいんです。そこをどいてください」

声は凜《りん》として涼しく、カイルは思わず聞き惚《ほ》れてしまったが、ロニは、やれやれ、というように肩を竦めた。

「ずいぶんとまあ、つれない台詞《せりふ》だねえ、お嬢さん。せっかく、あんたの大事な落し物を俺たちが見つけてやったっていうのにさ」

「えっ!?」

驚いて目を瞠《みは》った少女に、カイルはポケットから、赤いリボンが鎖《くさり》代わりのペンダントを取り出すと、彼女に向かって差し出した。レンズの表面で、きらりと光が踊る。

「これ、君のだよね？　向こうの崖の木の下に落ちてたんだ」

「…………」

少女は、ペンダントとカイルを交互に見た。そうして、おずおずと手を伸ばしてそれを受け取ると、胸に強く抱きしめるようにした。

長い睫毛《まつげ》の瞳から涙がこぼれるのを見て、カイルは、それが彼女にとって、いかに大切なものかを知った。もしかしたら、両親の形見とか、そういう意味合いのものかもしれない。

「よかったね」

そう声をかけると、少女はカイルたちがまだそこにいたことを、ようやく思い出したかのように、ハッとして身構えた。

「………」

警戒《けいかい》しつつ、無言のままペンダントを首につける。すると、少女はようやく本当に安心したように息を吐いて、あらためてカイルたちを見た。その様子は、丸腰だった剣士がようやく剣を手に入れた、という感じにカイルには思えた。

「おいおい、礼の一言もなしか？」

彼女の態度に業《ごう》を煮やしたかのように、ロニは言った。

「泣くほど大切なものだったんだろ？　俺たちはそいつを見つけて、アタモニ神団に寄進《きしん》してもよかったのを、あんたを探して届けてやったんだぜ？」

少女は叱《しか》られた子犬のように目を伏せると、それからロニを、そしてカイルを見つめ、そうして、ぎこちなく頭を下げた。

「あ、ありがとうございました……」

「い、いいんだよ！」

なんだか照《て》れくさくて、カイルは両手を突き出すようにして振った。

「それに、困っている人を助けるのは、英雄として当然だよ！」

「英雄……」

その言葉を聞いた途端、少女の眉が曇った。そして、何かを確かめるように、ペンダントへッドのレンズを覗き込むようにすると、悲しげに首を振った。

「……やっぱり違う」

「え？」

「ペンダントを拾ってくれたことは感謝します。でも……もう、わたしに関《かか》わらないで。わたしには時間がないの。だから……さよなら」

少女はそう言うと、信じられないほどの身軽さで、カイルとロニの頭上を飛び越え、あっという間に崖の隙間《すきま》へと風のように消えてしまった。

「待って！」

二人は慌てて洞《ほら》を出たが、どこへ行ってしまったのか、少女の姿は、もはやハーメンツヴァレーのどこにもなかった。

「……どうなってんだ、いったい？」

ロニは、わけがわからない、といった様子で息を吐いた。

「なあ、カイル。あの子、やっぱり普通じゃないぜ。……それに、感じ悪いしよ。やっぱ、あんなの追いかけるのやめようぜ」

だが、カイルは逆に闘志を掻き立てられたかのように、ぐっと拳を握った。

「何言ってんだよ、ロニ！　あの子、理由はわからないけど、すごく困ってるみたいだったじゃないか！　放っておくわけに行かないよ！——英雄として！」

「おまえ、今度も『違う』って言われたろうが」

「あれは『まだ違う』だよ！　でも確実に、あの子の探す英雄に一歩近づいたはずさ！　だって、感謝します、って言ってくれたんだから！　こうしてひとつずつ、あの子の役に立っていけば、きっとあの子の英雄になれるはずさ！」

「……どうしようもなく前向きだねえ、おまえは」

ロニは苦笑して、降参、というように手を上げた。

「わかったよ。あの子が、どこへ行っちまったかはわからねえが、まだ英雄を探してるってんなら、アイグレッテに向かったんだろうさ。こんなところをうろうろしてたんだから、間違いないだろう」

「そうだよ！　きっとフィリア聖司祭に会いに行ったんだ！　急ごう、ロニ！」

「はい、よ」

意気込んで崖を登りだしたカイルの後ろ姿を見上げて、ロニは息をひとつ吐《つ》き、そうして再び登攀を開始した。

4　聖なる都

「うわあ……すげえ……」

一望では到底《とうてい》すべてを見渡すことの出来ない街並みに、カイルは思わず声を上げていた。

クレスタの町ならば、広場に立てば、全《すべ》ての家を簡単に数えることができる。だが、ここではどこか高い塔のてっぺんにでも上らない限り無理である。それでも、途中で数がわからなくなりそうだ。家々が重なり合うように建っていて、隙間《すきま》などほとんどない。

僅《わず》かでも空間があれば、すぐに露店《ろてん》がそこに立って、誰かが巡礼者を相手の商売を始めるという。儲《もう》かれば、そこがそのまま店になってしまうことも、珍《めずら》しくないらしい。

だが、それよりもカイルを圧倒したのは、人の多さだった。

道いっぱいに人が溢《あふ》れていて向こう側が見えない、などという景色を初めて見た。

クレスタでは人にぶつかることの方が難しい。だがここでは、ぶつかるな、というほうが無理だと思えた。しかも、ここにいる人々のほとんどが、他所《よそ》から来た人だという。巡礼者なのだ。そこに住む人間よりも、余所者《よそもの》の方が多い街があるなどとは、考えたこともなかった。

「世の中って、こんなにたくさんの人がいたのかあ……」

呆然《ぼうぜん》と呟《つぶや》いたカイルの言葉に、ロニは小さく笑った。

「わかるぜ、カイル。俺も、初めてこの街に来た時は、同じことを思ったぜ。なにしろクレスタじゃ、大勢っていったら三十人がせいぜいだもんな！　ダリルシェイドだって、七十人も集まらないんじゃないか？　だが、ここは違う。巡礼者は世界中から年間、五百万人を超えるんだぜ？　想像もつかない数だろ？」

「うん……全っ然、わからないよ」

「なに、すぐ慣れるさ。とりあえず、泊まるところを決めようぜ？　ストレイライズ大神殿の傍《そば》に、ちょっと飯のうまい宿があるんだよ。聖司祭《しさい》の面会には、色々と手順を踏まなくちゃならないし、おそらく伝手《つて》もねえだろうから、あの子も手間取るだろうさ」

「うん、ロニに任せるよ。この街のことは、ロニのほうが詳《くわ》しいもんね」

人の多さに呑《の》まれて、カイルは素直だった。

「おう、任せとけ。……そうだ、荷物に気をつけろよ？　人が増えりゃ、ろくでもないことを考える連中も増える。巡礼者を狙《ねら》ったひったくりもいるからな」

「わ、わかった」

カイルは、まるで黄金の塊《かたまり》でも持っているかのように、古びた革袋《かわ》を抱きしめるようにして、ロニの苦笑を誘った。

二人は巡礼者の間を泳ぐようにして、ストレイライズ大神殿の方へと向かった。ロニの良く目立つ銀髪と、柄《え》の長いハルバードがなければ、すぐにはぐれてしまいそうだった。誰かにぶつかるたびに、カイルはすぐに謝ったが、まったくきりがなかった。

ようやく狭い——といっても、クレスタの通りの数倍はある——道を抜けると、そこはクレスタの町が、すっぽりと入ってしまいそうなくらい大きい広場で、やはり多くの人々の姿があった。だが、息を吐《つ》けるほどには空《す》いている。

「大丈夫か、カイル？」

「う、うん」

「見ろよ、あれが大陸一の大都市、聖都アイグレッテの中心、ストレイライズ大神殿だぜ？」

ロニに背中を軽く叩《たた》かれて顔を上げると、目に飛び込んできたのは、山と見紛《みまご》うほどに巨大で壮麗《そうれい》な建築物だった。

外壁は白で統一されていて、屋根や階の区切りに美しい青色が使われている。天井や屋根を支えているのは、美しい彫刻が施《ほどこ》された無数の柱で、神殿の入り口の巨大な扉は、それひとつで二階家の屋根に届きそうだった。

「十八年前の争乱の元になった《神の眼《め》》が、ここに保存されていたんだぜ？《神の眼》は戻らなかったが、代わりに今度は大量のレンズが、世界中から集まってきている。どうしたって、ここはレンズを引き寄せるようだな」

「ふうん……」

カイルは気のない返事をして、再び歩き出したロニの後をついていった。その彼は、神殿にほとんど並ぶようにして立っている、立派な門構えの店の扉を臆《おく》することなく開けると、堂々と中に入っていった。カイルはおっかなびっくり後に続く。

ロニは、賑《にぎ》わっているホールを抜けてカウンターに向かうと、

「じゃまするぜ。二人なんだが、部屋はあるかい？」

と慣れた様子で訊《き》いた。

奥の方でなにやら帳簿をつけていた太った男が、ペンを置いて立ち上がり、二人の方へやってきて、人の良さそうな笑顔を見せた。

「いらっしゃい。運がいいね、あんたたち。ちょうど、部屋がひとつ空《あ》いたところだよ。四人部屋だが、いいかね？　何人でも、一晩、三千ガルド。なにしろ最高級の部屋だからね。その代わり、食事は朝と夜の二回、こっちも最高級の料理が出るよ。二人なら、二人分の食事代は値引くことができるが、どうするね？」

「三千ガルド!?」

カイルは仰天《ぎょうてん》した。ただ泊まって食事をするだけなのに、そんなに高いとは信じられない。だがロニは平然と、それでいいとばかりに頷《うなず》き、差し出された宿帳にさらさらと自分とカイルの名前を書いてしまった。

「ロ、ロニ！」

慌《あわ》ててカイルは彼の袖《そで》を引いた。おかげで、カイルの名前は途中で変な風に曲がった。

「おい、なんだよ！」

怒って振り返ったロニの耳を引っ張るようにして、カイルは囁《ささや》いた。

「なんだよ、じゃないよ！　三千ガルドなんて、どうするのさ！　そんなに持ってないよ！」

「ああ、金のことなら心配いらねえよ」

ロニはカイルの腕を解いて、残りの綴《つづ》りを書いてしまうと、宿帳を主人に渡してしまった。

青ざめた顔のカイルに向かって、片目をつぶって見せる。

「……請求は、神団に回すんだよ」

小さな声で言われて、カイルは足の力が抜ける思いだった。

その時、宿の扉が大きく開かれて、巡礼者とも思えない男が一人、飛び込んで来て叫んだ。

「おい！　エルレイン様が広場にお見えになるぞ！」

途端、辺《あた》りは蜂の巣を突《つつ》いたような騒ぎになった。誰も彼もが、この宿が崩れ落ちると言われたかのように、外に向かって走り出す。怒濤《どとう》のような人の波に危うく巻き込まれるところを寸前で避《さ》けて、カイルは呆然と彼らを見送った。宿は、あっという間に空《から》になってしまって、無用心にもカイルとロニだけが残された。

「な、何……いったい……？」

カイルが訳がわからず呟くと、隣でロニがいまいましそうに鼻を鳴らした。

「エルレイン大司祭長が、《奇跡》を披露《ひろう》するために、おいでになられるんだよ」

「誰、それ?」

するとロニは呆《あき》れたようにカイルを見て、首を振った。

「おいおい、いくらクレスタが田舎《いなか》だって、名前ぐらい聞いたことあるのが普通だぜ? 聖都アイグレッテの《輝きの聖女》を知らないなんて、嘘《うそ》だろう?」

「だって、知らないものは知らないんだから、しょうがないじゃん」

唇《くちびる》を尖《とが》らせたカイルに、ロニは諦《あきら》めたように手を振った。

「あーもう、わかったよ。……エルレイン大司祭長は、いまのアタモニ神団の長《おさ》だよ。何年か前にふらりと現れて、あっという間にいまの地位に納まったって話だ」

「神団の長って、そんなに簡単になれるの?」

「まさか! エルレイン大司祭長は、特別な力を持っているんだよ。——《奇跡》の力を、な」

「へえ……《奇跡》ってどんな?」

「回復系晶術《しょうじゅつ》の恐ろしく強力なやつだな。それをあの女は、レンズの媒介《ばいかい》なしに操《あやつ》る」

それを聞くと、カイルは胡散臭《うさんくさ》そうな顔をした。

「まさかあ、そんなことできるわけないよ」

ロニは、そんなカイルのおでこを、指で弾《はじ》いた。

「ばーか。だから《奇跡》なんだよ。……とにかく神団の連中は、あの女に飛びついた。それまでもレンズの寄進《きしん》はあったが、それは本当に敬虔《けいけん》な気持ちからだったと俺は思う。だが、神団があの女を看板に使うようになってからは、人々の気持ちはガラリと変わった」

「どうして？」

「神団の幹部連中が、レンズを寄進した者に、それもより多くのレンズを納めた者に、優先的に《奇跡》の力を施したからだよ。そのせいで、レンズは金の代わりになっちまった。寄進者はレンズ一枚につき、百ガルドの浄化料を払う決まりになってるからな。それもあって、あの女の発言力は神団の中であっという間に大きくなり、ついに大司祭長になっちまった。いまじゃアタモニ神よりも多くの崇拝者を持つ、ある種の《生き神》みたいな存在になってる」

ロニは扉の向こうから聞こえる、エルレインを待ち望む人々の声に眉《まゆ》を顰《ひそ》めた。

「確かにあの女は、大した《奇跡》の力を持っちゃいるんだが、どうにも気に入らねえんだよな。アイグレッテのストレイライズ大神殿に集まるレンズの数は、いまじゃ膨大《ぼうだい》だ。世界各地の神殿に奉納《ほうのう》されていたレンズも全て、エルレイン大司祭長の命でここへ集められているって話がある。いったい、そんなにレンズを集めて、どうするつもりなんだ……？」

次第にロニは、自分の思索の中へと沈んでいった。だが、

「別にどうもしないいんじゃない？」

ことなげにカイルは言って、ロニの目を瞬《しばたた》かせた。

「だってここが総本山なんだろ？　レンズの悪用を避けるために、一箇所に集めて徹底的に管理しようってだけなんじゃないの？　ここには騎士団もいるけど、他の——ほら、例《たと》えばダリルシェイドの神殿なんか、あんなに簡単に逃げ出せちゃうほど無用心じゃんか」

「そう言われりゃ、そうなんだけどな……」

まだ何となくすっきりしない、と言った様子で、ロニは口をへの字に曲げた。

そんな彼の腕を、カイルは引っ張った。

「それよりさ、せっかくなんだから、その《奇跡》ってやつを見ようよ！　見るだけなら、ただなんだろ？　母さんへのいい土産《みやげ》話になるよ！　握手とかしてくれるかな⁉」

「おまえなあ……俺が真面目《まじめ》に——」

ロニは、やれやれ、と言った様子で首を振った。その時には、早、カイルは宿屋の扉を開けていて、ロニの呟きは人々の《奇跡》を待ちわびる声に掻《か》き消されて、カイルの耳には届いていなかった。

外に出ると、広場には、ストレイライズ大神殿の正面扉を遠巻きにするようにして、何百人という人々が集まって、いまやおそし、とエルレインの登場を待ちわびていた。物欲しげな、異様な熱気のようなものが、辺りを押し包んでいる。

「なんだよ……見えない……よっ！」

カイルは最外縁部で、幾度《いくど》も飛び跳《は》ねるようにしたが、人の波に遮《さえぎ》られて、少しも中を見ることはできなかった。

（よーし）

業《ごう》を煮やし、逆にひょいと頭を屈《かが》めると、カイルは這《は》うようにして、人々の足の間を通り、前へと進みだした。森の潅木《かんぼく》の下をくぐるようなものだ。後ろで、ロニの呼ぶ声が聞こえたが、《奇跡》を見たいという好奇心が勝《まさ》った。

時々は、悲鳴を上げられたり靴で蹴《け》られたりしながら、それでも何とか、最前列に出ることができた。顔を上げると目の前に神団騎士が立っていて、どきりとしたが、何も言われなかった。

ズボンについた汚れを叩き落として、カイルはその時を待った。

やがて、ストレイライズ大神殿の望楼《ぼうろう》の鐘《かね》が高らかに鳴り響き、人々の口から歓声とも悲鳴ともつかぬ声が、瀑布《ばくふ》の音にも似て、広場を圧した。思わず耳を押さえてしまうと、騎士に睨《にら》まれて、カイルは曖昧《あいまい》な笑みを浮かべた。

壮麗な彫刻を施した大扉がゆっくりと開き、中から、数名の男たちに守られて、背の高い、稀代《きたい》の芸術家が彫り上げた彫刻が、そのまま人になったような美しい女性が広場の中央へと進み出てきた。

歓声が、波が引くように静まる。

彼女は、黒でアクセントをつけた、スカートの部分が大きく膨《ふく》らんだ白い司祭服を纏《まと》っていた。胸の部分には、飛び立つ黄金の鳥を模《も》した刺繍《ししゅう》が施され、たっぷりとした袖からは幾重《いくえ》にも重なった黒い襞飾《ひだ》りが覗いている。地面にまで届きそうな、淡い栗色《くりいろ》の髪は三つ編みにしてひとつにまとめられていて、その頭にはすかし飾りも美しい、丈《たけ》の高い帽子が載っていた。

「エルレイン様だ……」

「ああ、聖女様」

「なんて神々《こうごう》しい……アタモニの神よ、感謝いたします」

そんな声が、周囲からざわざわと上がって、カイルはようやく、この女性がエルレインなのだ、と確信することができた。

彼女を守る騎士はいずれも精悍《せいかん》な様子だったが、中でも二人ほど、異彩を放っている男がいた。一人は黄金の獅子《しし》の兜《かぶと》を被《かぶ》っていて、体格もかなりいい。もう一人は細身だが、兜は被らず、髪を後ろに撫《な》でつけて、黒い籠手《こて》と胸甲《きょうこう》をつけている。その二人ともが、片刃《かたは》の剣を腰に下げていた。

やがて、神官に付き添われるようにして、何人かの人々がエルレインの前に進み出た。担架《たんか》に載せられたままの男や、車椅子《いす》に座った少年など、いずれも、どこかしら体を悪くしているのは、一目でわかる。ただし、どの人々も身なりはいい。

エルレインは彼らに頷きかけると、静かに祈りを捧《ささ》げ始めた。声は聞こえない。合わせるように、周りの人々も手を組み合わせる。カイルも同じようにした。孤児院では、食事の前にアタモニ神に祈りを捧げる。その延長のような感覚だった。

そのうちに、エルレインの体が光を放ち始めた。

奇跡だ、という声があちこちで上がり、カイルも目を瞠《みは》った。光は、やがて正視が難しいほど強くなり、そして、エルレインが両腕を上げると、四方へと散って、そのひとつひとつが、進み出た人たちの体へと吸い込まれていった。

すると、それまで動くこともできなった男が、まるで昼寝から目が覚めでもしたかのように、むっくりと体を起こし、辺りを呆然と見回した。その隣では、車椅子の少年が立ち上がって、飛び跳ねている。他にも、次々と人々の病は完治し、喜びの声が上がった。

「すげえ……」

カイルは、ほとんど感動したといってよかった。ロニも《ヒール》という回復晶術を使えるが、かけられるのは一度に一人きりで、血を止めて、痛みを緩和《かんわ》する程度のものだ。それとはまったくレベルが違った。

エルレインは一人一人に声をかけ、優しく微笑《ほほえ》みかけた。その姿は、まさしく《聖女》。だがその時、彼女の襟元《えりもと》で、きらりと光ったものがあって、カイルの目はそれに釘付《くぎづ》けになった。

（あれは！）

子供を抱きしめた時に高い襟が型崩れをし、その奥に覗いたのは、レンズのペンダント――

あの少女のペンダントだった。

（取り上げたのかっ！）

ハーメンツヴァレーで、心細げに肩を震わせていた少女の姿が思い浮かび、カイルは一瞬にして頭に血が上った。神団はレンズを集めている。それで、目を付けられたに違いない。

カイルは、人々を整理している騎士の腕をかいくぐって飛び出すと、エルレインを目がけて走り出した。襲撃者だ、という声と、悲鳴が上がる。だがカイルの眼には、ゆっくりと振り返る彼女の姿しか、目に入ってはいなかった。


「あの、バカ！――とまれ、カイル！」

突然、人の輪からカイルが飛び出したのを見て、ロニは叫んだが、聞こえていないのか、彼は止まらなかった。

小さく舌《した》を打つと、ロニは人垣《ひとがき》をなぎ倒すようにして飛び出し、行く手を遮《さえぎ》ろうとした騎士を突き飛ばした。危ういところでカイルの背中に飛びつく。首に腕を絡《から》ませ、背中から抱える。空中に持ち上げられて、カイルは足をばたつかせた。

「何してんだ、おまえ！」

ロニは叫んだが、それでもカイルの眼は、エルレインから離れなかった。彼女の両脇《わき》の騎士は、片刃の剣を何時《いつ》でも抜刀できる体勢になっていたが、カイルは気がついていない。

「ペンダントを返せっ！　それは、あの子だぞ！」

暴れながら、カイルはそう叫んだ。

「ペンダント……？」

エルレインは微かに小首を傾《かし》げる。それを見て、ロニはさらに声を大きくした。

「い、いえ、なんでもないんですよ！　こいつちょっと、おつむの方が弱くってですね、なんでもないんですよ、へへ、へへへ……」

そう言って、空いている手でカイルの頭を小突《こづ》き、声を潜《ひそ》めた。

「何考えてんだ、このバカっ。死にたいのかよっ」

必死に言い、もう一度顔を上げてニヤニヤしながら、ロニはカイルを引きずって、その場を離れようとした。が——

「お待ちなさい」

ハープを奏でたような美しい声で命じられ、ロニは足を止めた。

エルレインは、襟元から鎖《くさり》を鳴らしながら銀の縁取りをしたレンズを取り出すと、それを二人に見せるようにして微笑んだ。

「このペンダントが、どうかしたのですか？」

さらりと言ったエルレインに、カイルの怒りはさらに高まったようだった。

「それは、あの子のだ！　何で取り上げた！　あんなに大事そうにしてたんだ！　あの子が寄進なんかするはずない！」

「バカ、黙れよ！——い、いえ、それによく似たペンダントをしていた少女を、ちょっと知っているだけでして……勘違い、勘違いですよ」

「これと、よく似たペンダントを……なるほど、そういうことですか。わたくしが、それを取り上げた、と。そう思ったのですね？」

エルレインは、指の間でペンダントを弄《もてあそ》ぶようにした。

「本当、すいません。まったくこいつには、いつもいつも手を焼かされているんですよ。はは、ははははは」

乾いた声でロニは笑ったが、エルレインの両脇を守る二人の騎士の目は、少しも笑ってはいなかった。彼女は、騎士たちに目で頷きかけると、カイルたちに近づいた。

「これは、アイグレッテにやってきた時から大事に身につけている、わたくしのお守りです。そのことは神団の司祭たちが知っていますから、誰かに訊《たず》ねれば、すぐにわたくしの言葉を証明してくれるでしょう」

「そ、そうなの……？」

カイルは二人の騎士を見た。すると、彼らは構えを解きながら、微かに頷いた。少年の顔にはさらに血が上ったが、それは怒りのためではなく、勘違いであったと気がついて恥《は》じらったのだとわかった。

「ご、ごめんなさい！　その子、ペンダントをすごく大事にしてたから――」

慌てたように、カイルは言った。

「だから、わたくしが取り上げたのだとしたら、力ずくでも奪い返そうと思った――そういうことですか」

周囲から、叩き殺されかねないほどのブーイングが、ロニたちに向かって上がった。恐ろしいほどの殺気がこもっている。だが、エルレインが手を上げると、それもすぐに静まった。

「強く優しい男の子ですね」

言って、エルレインの栗色の瞳《ひとみ》が、ロニを向いた。

「……おつむがどうのと言うのは、嘘ですね？」

「いや、その、あの」

「いいのです。この少年を思いやってのことだと、わかっていますから。あなたたちのように誰かを思いやることのできる若者には、必ずや神の御加護《かご》がもたらされるでしょう。――あなたたちの名前は？」

「カイル……カイル・デュナミスです」

義弟は素直に名乗ったが、ロニは言いたくなかった。だが嘘は通じない、とロニは感じ、観念して腹を括《くく》った。

「ロ、ロニ・デュナミスです」

それを聞くと、エルレインは赤い唇で何度か繰り返すようにして、それから微笑んだ。自《みずか》らを守る騎士の一人だとはわからなかったらしい。

「カイルにロニですね？　わたくしの記憶にとどめておきましょう。いずれまた、再会することもあるでしょうから。そのときには、わたくしと同じペンダントを持つという、その少女とも、ぜひお会いしたいものです。いろいろと、楽しいお話ができるでしょうから……ふふふ……」

意味ありげに笑って、エルレインは踵《きびす》を返した。神殿の望楼で再び鐘が鳴って、巨大な扉が開く。彼女が衛兵《えいへい》たちに『あの者たちを咎《とが》めないように』と言っているのが聞こえた。

エルレインが騎士たちと共に神殿の中へ戻り、扉が音を立てて閉まると、ロニはカイルを抱えたまま、その場にへなへなと崩れ落ちた。銀髪の髪が、カイルの肩にのる。それがゆっくりと震えだし、そして——

「この……ばっかやろうが！」

ロニは、カイルの首を思い切り絞《し》めて、がくがくと揺さぶった。

「死にてえのか、カイル！　大司祭長の両脇にいたのは、ノイシュタットの武道会で何度も優勝している騎士ガープと、彼の直弟子《じきでし》の騎士サブノックだぞ！　マジ、死んでたぞ、おまえ！」

だが、カイルはどこかぼんやりとした表情で、神殿の方を見つめていて、ロニの愚痴《ぐち》もろくに聞いてはいない様子だった。

「……似てたよね」

「あ？」

揺する手を止めて、ロニはカイルを見た。

「うん、なんか似てた」

「誰が、誰に」

カイルは顔を起こすと、ロニを見て、わからないの、という顔をした。

「あのエルレインって人が、あの女の子に、だよ。そう思わなかった？」

「……ったく、おまえってやつは……」

ロニは、カイルの首を摑《つか》んでいた手を放して、がっくりと肩を落とした。気がついていないようだが、この盲目《もうもく》さは間違いようがない。

——カイルは、あの子に『恋』をしているのだ。


少女の目の前の古びた床には、巨大な石版が敷き詰められていた。

ひとつひとつが顔料か何かで着色されていて、それぞれにひとつずつ、文字が刻まれている。

石版の向こう、少女がいるのとは反対側の通路の入り口は、淡く輝いて、何がしかの封印《ふういん》が施されているのは明らかだった。

この謎を解かなければ、先には進めない、ということなのだろう。

「…………」


少女は胸のペンダントを指で弄ぶようにしながら、静かに目を閉じた。

どこかで水の滴《したた》る音がする。

彼女の後ろのほの暗い通路には、巨大な石でできた石像のようなものが倒れ伏し、すぐ隣には半《なか》ばで折れた剣が落ちていた。飾られていたものが倒れて壊れたわけではない。怪力で恐られているゴーレムという怪物と、浮遊する剣のリビングソードだった。両者とも、酷《ひど》く焼け焦《こ》げていて動かず、徐々に消滅しつつあった。

やがて少女は栗色の瞳を開けると、怪物には一顧《いっこ》だにせず、石版の上を跳ねるように渡り始めた。

赤い靴の爪先《つまさき》が床につくたび、淡い光が散り、そして消えた。


「おじさん、本当⁉」

宿に戻ったカイルは、ロニが後ろから押さえてくれなければ、抱きつきかねない勢いで、主《あるじ》に詰め寄っていた。

「本当に、あの子を見たの⁉」

「あ、ああ……エルレイン様が持ってらしたペンダントと、同じ物をしていた女の子だろ？それなら間違いない。レンズを持ってこられなかった巡礼者に、くれないかってせがまれてたからな」

「それで⁉　その子はどこに行ったの⁉」

主は顎鬚《あごひげ》を引っ張るようにして、首を傾《かし》げた。

「さあてなあ……ああ、そうだ。聖司祭様にどうしても会わなければならないから、って言ってたな。あとはわからんね。すぐに人込みにまぎれてしまったから。……ところであんたら、これからもあんな騒ぎを起こすつもりなら、うちには泊められないよ？」

「いやあ、あれは、こいつのちょっとした勘違いだよ」

言って、ロニは軽くカイルの頭を叩くようにした。

「もう、やらねえって」

「なら、いいがね」

主は後ろにかかっている部屋の鍵《かぎ》の中から、一番立派な装飾のついたものを取ると、ロニに差し出した。

「部屋は三階の一番奥だよ。ベランダからはストレイライズ大神殿はもちろん、アイグレッテ港の様子も良く見える、絶好の場所だよ。新婚旅行には最高の部屋なんだが……ま、いつかその日が来るといいね」

「なんか、ひっかかる言い方するじゃねえか」

ロニは口をへの字にまげて、鍵を引《ひ》っ手繰《たく》るようにしたが、カイルはイライラとその腕を引いて揺さぶった。

「ロニ！　部屋なんかあとでいいよ！　それより、早くあの子を探そう！」

「大丈夫だって。聖司祭様にはそう簡単に会えねえよ。面会を申し込もうにも、エルレイン大司祭長が広場に現れたってことは、今日は礼拝《れいはい》はないってことだ。となれば、面会の申し込みもできない。しばらくは大丈夫だろうぜ」

「それは、あの子がちゃんとした手順を踏むとしたらの話だろ⁉　迂回《うかい》せずに、ハーメンツヴァレーを一人で下りるような子だよ⁉」

「それもそうか……」

カイルは顎を撫でるようにしていたが、やがて、カウンターを振り向くと受け取った鍵を主の鼻先に突き返すようにした。

「泊まるのをやめるのかい？　他の宿はもう満室だと思うがねえ」

「やめるなんて言ってねえだろ？　荷物を運んどいてくれや。俺と連れは、ちょっと用ができた。置きに行く時間も惜《お》しくて仕方ないらしいから、このまま出かけるぜ」

「そりゃ構わんが、預かる前に、一緒に中身の確認はしてもらうよ？」

「ああ、当然だな」

盗んだ、盗まない、の問題を起こさないための処置だ。クレスタのような田舎町では考えられないことだが、泊まり客が、荷物がなくなった、と嘘をついて宿からガルドを脅《おど》し取る、という犯罪があると、逸《はや》るカイルに、ロニは説明した。

荷物の明細を書き出し、主とロニがサインをして、それで手続きは終わりだった。

待ちきれず、カイルは宿の扉を開けてロニを待った。

「じゃあ、たのむぜ」

そう言って、ロニがやってきたときには、カイルはすぐにでも駆け出したい気分だった。

「早く行こうよ、ロニ！」

「待てよ、カイル。行くったってどこに行くんだよ？　さっきも行ったように、今日は礼拝はない。表門からは、絶対に入れねえ」

「じゃあ、裏だ！　裏口から入ったんだよ！　そこへ行こう！」

カイルは拳《こぶし》を握って主張したが、ロニは苦笑して首を振った。

「無理だな。どの出入り口も騎士連中ががっちり固めている。もしそこから忍び込もうとしたんなら、緊急事態を告げる鐘が鳴らされているはずだ」

「じゃあ、壁を乗り越えたんだよ！　あの子、一人で崖《がけ》を下りられるくらい身軽なんだから、きっとそうだよ！」

「あの子が空を飛べるなら、それもありえるけどな。神殿の周囲は、二十メートル以上もある壁で囲まれているんだぜ？……まあ、万が一あの子が、何らかの方法で壁を乗り越えたとしても、だ。俺たちに真似《まね》はできないぜ？」

「ううう……」

じりじりと身を焼かれるような焦燥感《しょうそうかん》に、カイルは唸《うな》った。もしも、フィリア聖司祭が彼女の求める英雄であったのなら、自分はあの子にとって、まったく不要の存在になってしまう。それは耐えがたい考えだった。必死の顔で、カイルはロニを揺さぶるようにした。

「ねえ、ロニ！　ほかに神殿に忍び込む方法はないの⁉」

「んなもんあるわけが——いや、待てよ？」

ロニは何かを思い出したのか、眉を顰《ひそ》めた。

「そういやあ、聞いたことがあるぞ。いまのストレイライズ大神殿は、古い時代に、地震で地下に埋もれてしまった旧神殿の上に建てられたものだ、ってのを。その一部はいまも、緊急の脱出通路として残されていて、普段は天地戦争時代の仕掛けで封印が施されている、って話だ」

「そこだよ！」

カイルは雲間《くもま》から太陽が覗いたかのように、ぱあっと顔を輝かせた。

「あの子もきっと、そこから神殿に向かったんだ！」

「そりゃあ、ないと思うがな。その場所を知ってるのは、騎士団の中でも、ガープやサブノックのような親衛隊の連中と、あとは高位の神官連中だけだ」

「でも、この街のどこかにはあるんだろ⁉　探そうよ！」

せっかくの手がかりを、簡単に諦《あきら》められるわけはない。アイグレッテの街は広いが、カイルはその入り口を、何としても見つけ出すつもりになっていた。

ロニは、やれやれ、といった顔をすると、ハルバードを肩にかけるようにして歩き出した。

「来いよ、カイル。俺に心当たりがないわけじゃない。そこへ行ってみようぜ」

「！　うん！」

カイルは、ロニのすぐ後ろを、遅れないように気をつけながらついていった。ロニは広場を出ると、街のもっとも賑《にぎ》わっている街路を抜けて細い路地へ入り、そこを西へと進んでいった。

表通りは清掃も良くされていて綺麗《きれい》だったが、裏通りには、宿に泊まることもできない巡礼者がそこかしこにいて、筵《むしろ》などを敷いて座り込んでいた。明らかな病人も多く、中には横になったまま動かない人もいる。

「ロニ……」

眉を寄せてカイルが袖を引くと、ロニは、しっ、と小さな声で彼を諌《いさ》めた。

「これが、この街の裏の顔だ。レンズがなければ、施しは受けられねえ。《奇跡》という綺麗な化粧の下には、醜《みにく》い顔が隠れているんだよ。エルレイン大司祭長は、確かにその《力》で人々を救っているが、あくまで富める連中だけだ」

「………」

途中、クレスタの孤児院にいる妹くらいの少女が、暗い瞳をして、横になって動かない女性をじっと見下ろしていた。母親だろうか？　少女はカイルたちの靴音を聞きつけると、顔を上げて二人を見た。

「無視しろ」

カイルにだけ聞こえる声でロニが言った。

「でも――」

「あの子に金をやれば、それを奪い取りに来る奴《やつ》がいる。そうしたらあの子は殺されるぞ。おまえが、あの子を守ってやれるのか？　何とかしよう、などと考えるな。いまの俺たちじゃ、できることはねえ」

カイルは、少女と目を合わせないように、目を伏せた。ロニの意見は正しい。正しいが、

「わかってるよ……だけど、なんかくやしいよ」

「そう思うなら、早いところ、おまえが英雄になって世界を変えるんだな」

皮肉かと思えたが、ロニの横顔にそんな様子はなかった。

「スタンさんは、それができる人だった。だから……俺にはおまえを英雄にする義務がある」

「ロニ、それって……？」

だが、彼は答えず、後は黙々と歩くばかりで、カイルも周りの饐《す》えたような臭《にお》いや、縋《すが》るような視線に心が沈んで、もう口を開く気になれなかった。

小一時間も歩いてようやく裏通りを抜けると、そこは同じ様な形の木造の建物が、幾《いく》つも並

んでいる場所だった。昼間だというのに、街の中心とは正反対に静まり返っていて、これが同じ街とは思えないほど人影はない。すぐ裏はちょっとした小山になっていて、鬱蒼《うっそう》と木々が生《お》い茂っていた。

「ロニ、ここは？」

「旧倉庫街だ。いまも一部の商人が使っているが、ほとんどは神団が買い上げて、そのままほったらかしになっている。神殿の中に、『知識の塔』ってでっけえ図書館があるんだが、そこに保管されている古い文献に、昔、大地震があって神殿が埋もれた時に、この辺りから脱出したって記録されてたのを、読んだ憶《おぼ》えがある」

「へえ……ロニ、本なんか読むんだ。あんなに嫌いだったのに」

気分を変えたくて、カイルはわざとからかうように言った。

すると察《さっ》してくれたのか、ロニも、乗ったことを示すように、にやりとした。

「あたりまえだろ？　騎士たるもの、ただ強ければいいって訳じゃない。礼節と知性を兼ね備えていなければ、真の騎士とは言えない！」

「本当は？」

「司書の女の子が、すっごく可愛《かわい》くて俺好みだった」

「……やっぱり」

呆《あき》れたように呟いたカイルのおでこを、ロニは容赦《ようしゃ》なく突いた。

「いたっ！」

「別に、いいだろが！　おかげで、目星がついたんだからよ！」

「誰も、悪いなんて言ってないじゃんか！」

「いいや、言っていた。その眼が言っていた」

「それはロニが自分で、動機が不純だったって思ってるから、そう感じるんだよ！」

「ぐっ……カイルのくせに生意気な……」

ロニは、ギリギリと奥歯を嚙《か》んだ。カイルはおでこをさすりながら、唇を尖らせた。

「……なんだよ。どうせ、その子にも振り向いてもらえなかったくせに」

「ああっ！　おまえ、言っちゃあ、ならないことを!!」

恐ろしいほど素早くロニの腕が伸びて、カイルの頭にがっちりと絡《から》みついた。そうしておいてギリギリと絞《し》め上げる。

「いっ、いってぇ！　いてえよ！　や、やめろよ、ロニ！　こんなことしてる場合じゃないだろ！　いたたた!!」

「——ま、それもそうだな」

ぱ、と腕を放し、ロニは何事もなかったかのように辺りを見回した。

その足元にしゃがみこんで、カイルは目に涙を滲《にじ》ませながら、頭をさすった。昔からそうだが、ロニは手加減を知らない。なんだか頭蓋骨《ずがいこつ》が変形したように感じる。

「ん？　ひょっとして、あれか……？」

ロニはカイルをその場に残して、一人、山の斜面へと向かうと、ぽっかりと開いた穴を覗き込むようにした。カイルは立ち上がると、乱れた髪を直した。すぐに、元通りにつんと立つ。

「カイル。どうやら見つけたらしいぜ」

その声には、先程までのふざけた様子はなかった。カイルは表情を引き締めると、急いでロニの傍《そば》に駆け寄った。

穴は、石造りの通路へと続いていて、覗き込むと奥の方は、ところどころぼんやりと明るかった。すぐ脇に木の板が倒れている。上にかけられていたと思われる土に触れると、まだ湿っていて、崩されてから時間は経《た》っていないと思えた。

「どうやら、誰かが先に中に入ったみてえだな」

「あの子かな？」

「そいつはわからねえが……とにかく入ってみるか」

ロニは穴の縁に足をかけると、まずは顔を突っ込んで辺りの様子を確認し、それから飛び降りるようにした。どうやら段差があるらしい。外からでは、ロニの体は、腰から上しか見えない。彼は、ハルバードを手にして、もう一度辺りを見回すと、手でカイルに、来るように合図をした。

背に負った剣を引き抜いて、カイルは穴を降りた。中は、外に比べ、幾分《いくぶん》ひんやりとしている。息をすると、どことなく獣臭《けもの》かった。

「見ろよ、カイル」

ロニはハルバードの柄《え》の尻《しり》で、うっすらと埃《ほこり》の積もった床を指した。そこには、小さな靴跡と、そしてすぐ傍に、二回りは大きい、何か四角い跡が残っていた。

「あの子のだ!」

カイルには、すぐにそう確信できたが、ロニは慎重だった。

「かもな。――だが、こっちの四角い方なら、断言できるぜ。こいつはゴーレムだ。どうやらここは、怪物がうろうろしているようだぜ」

「そんな! じゃあ、あの子は――!」

「無事に、通り抜けられているといいがな。とにかく進んでみようぜ」

「……うん」

二人は周囲を警戒《けいかい》しながら、慎重に奥に向かって歩き出した。あちこちに明かりが灯《とも》ってい
る。だがそれは松明《たいまつ》やランプといった、火の輝きではなかった。通り過ぎる際に、明かりのひとつを見てみると、苔《こけ》のようなもので、それが強く発光しているのだった。

さらに進み、幾つ目かの十字路を過ぎたその先に、二人は、奥に続く入り口と、その手前に、上へ続く階段を見つけることができた。

ロニは腰を落として床を調べたが、少女の足跡を見つけることはできなかった。どうしてか

酷《ひど》く焼け焦げている。

「とりあえず上に行ってみるか。外に出られるかもしれないからな」

頷き、カイルはロニとともに階段を上がった。

だがそこは、神殿への隠し出口ではなく円形をした広い部屋で、時計の文字盤のようなものが、床一杯に彫刻されていた。文字の外側に、異なった色の明かりが輝いている。一通り調べてみたが、隠し扉のようなものは見つけられなかった。

「なんなんだ、この部屋は？」

「本当、なんだろうね。昔の人の考えることは、よくわからないなあ」

諦め、二人は部屋を出ると階段を下り、今度は奥へ続く入り口に向かった。

扉を押し開けると、そこは上の部屋に負けず劣らず、奇妙な部屋だった。床に、色とりどりの石版が並べられている。

「なんだこりゃ？」

ハルバードの柄で肩を叩くようにして、ロニは首を捻《ひね》った。カイルも気分は同じだった。だが、こちらはまだ先がある。文字の敷き詰められた床の向こうには、別の出入り口があった。

「さて、どうするかな」

「このまま行くしかないよ。ほかに、道もないみたいだし」

そう言うとカイルは、ロニが止める間もなく、石版のひとつに足をのせた。ロニは思わず首を竦《すく》めたが、何も起きなかった。

「……なんだよ、ただの飾りか？」

言って、ロニが別の石版を踏んでみたが、結果は同じだった。何の仕掛けもないようだったが、それでもなるべく急いで石版の床を渡りきり、出入り口をくぐった。その先には、巨大なレンズが台座に乗せて飾られていて、カイルは、わあ、と声を上げた。

「見てよ、ロニ！　でっかいなあ……これなら、三百万ガルドになるんじゃない？」

「ばーか、よく見ろよ。こいつは偽物《にせもの》だぜ」

ロニは、拳の裏でレンズを叩いて見せた。

「そこに書いてあるだろ？　『《神の眼》1／6模型』ってよ」

「なーんだ……」

うっすらと埃の積もった表面を撫でて、カイルは残念そうに言った。

「さっさと行こうぜ。そこの階段を上がって、それでも神殿に入れなきゃ、別の方法を考えるっきゃねえな」

「うん」

模型の裏には、暗がりの中に人一人がやっと通れるような細い階段があって、そこから風が入り込んでいるのが感じられた。ロニが先に行き、五分ほど暗闇《くらやみ》の中をほぼ手探りで上ると、その先はやはり行き止りになっていた。

「やっぱり、ダメ？」

「まあ、待て」

ロニはカイルにハルバードを預けると、両手で慎重に天井に手をかけた。

言うや、さして力を入れたようにも見えないのに、天井は軽々と持ち上がった。強い光が差し込んできて、カイルは思わず目を眇《すが》めた。ハルバードを落としそうになる。ロニはゆっくりと鉄板を押し開けると、外に出、それからカイルを引き上げてくれた。

「鉄板だな。動きそうだぞ」

何度も目を瞬《しばた》き、光に目が慣れるのを待って、深呼吸をした。空気が美味《おい》しい。地下の獣臭い空気とは大違いだった。なんとなく、クレスタを思い出す。

ロニにハルバードを返し、カイルは辺りを見回した。目の前に、白壁に青い屋根の巨大な建物があって、思わずぽかんと見上げてしまった。何しろ大きい。傍には噴水《ふんすい》があり、水の流れる音が心地よかった。

「ここは……大聖堂か」

ハルバードを肩にのせて、ロニが呟いた。

「来たのは、俺も初めてだぜ……ここは高位の神官や、特別に許可された人間しか立ち入ることを許されない場所だからな。見つかったら、えらいこったぞ。カイル、慎重に行動しろよ――って、おい！」

だが、そのときにはカイルはもう走り出していて、周囲を高い壁で囲まれた中の、一番立派な建物の窓に駆け寄って、色硝子《ガラス》の向こうを何とか覗こうと顔を押し当てていた。

「……あなたも、わたしの英雄ではないんですね」

すぐに、落胆《らくたん》したような声が中から聞こえて、カイルは背筋がぞくぞくした——あの子だ！　聞き違えたりしない自信はあった。あなたは英雄じゃない、と言われた声は、いまもはっきりと耳に残っている。

「聖司祭、と呼ばれるあなたなら、きっとそうだと思ったのに……」

カイルは耳をそばだてた。聖司祭、ということは、あの子はいまこの中で、四英雄の一人、フィリア・フィリスと会っているのだ。

（違ったんだ……）

カイルは複雑な気分になった。自分にもまだ可能性がある、とホッとする一方で、落胆している声を聞くと、早く見つかって欲しい、とも思う。二つの相反する願いが胸の中で葛藤《かっとう》し、思わず唇を噛んだとき、ロニが追いついてきて乱暴に頭を引っ込ませられた。

「このばかっ！　慎重に行動しろって言っただろうが——って、おい、どうした？　急に元気なくなったな。腹でも痛くなったか？」

「……あの子が、中にいるんだ」

「本当か？　そりゃ、良かったじゃねえか。どれどれ……」

カイルがしたのと同じように、ロニも色硝子に張りつくようにした。その横で、地面に腰を下ろし、カイルは胸のもやもやを吐き出すように、小さくため息を吐いた。

少女の栗色の瞳で涙が散り、首に下がったレンズのペンダントが、揺れて光を映した。

ストレイライズ大神殿の中にある、古い大聖堂の床に敷かれた、緑に青で文様《もんよう》の描かれた絨《じゅう》毯《たん》の上に姿勢良く立って、フィリア・フィリスはその様子を静かに見つめていた。

《神の眼》の争乱時には十九歳だった彼女も、今では美しい落ち着いた女性へと変わっていた。あの頃と同じなのは、大きな赤い珊瑚《さんご》玉でまとめた、若葉の緑色をした三つ編みのおさげと、フレームの細い眼鏡《めがね》だけだ。

彼女は今年、三十七歳になっていたが、毎日を研究と祈りに捧げ、心静かな日々を送ってきたその加護か、十歳は若く見られることがほとんどだった。

月桂樹《げっけいじゅ》をあしらった神官服と淡い緑で縁取られた白い外套《がいとう》は、アタモニ神団でも特別な高位の証《あかし》だが、本人に特にその自覚はない。

穏やかな、変わらない毎日。

その中で『《神の眼》を巡《めぐ》る争乱』は、彼女の日常を乱した唯一《ゆいいつ》の事件だった。

だが、あの過酷《かこく》な旅も、そして——スタンに抱いた淡い初恋も、いまはもう、遠い夢の出来事と変わらない。

以来、フィリアの心を騒がせたのは、友からのたった一度きりの報《しら》せだけで、あとはエルレインのことすらも、関心の外にあった。

けれど、この少女には心を騒がされる何かがあった。

だからこそ衛兵《えいへい》も呼ばず、礼拝を中断してまでも話を聞く気になったのだ。しかし、少女はフィリアの名前を確認しただけで、あとは胸元のペンダントを覗き込んで、英雄ではない、と呟いたきり、涙を浮かべた瞳を伏せてしまっていた。

そういえば、まだ名前も聞いていない。

けれどもフィリアは、あえて自分から問うことはしなかった。信者の懺悔《ざんげ》を聞く時に大切なのは、相手が自ら話すのを待つことだ、と最初に教えられていた。時に、考えを整理するための手助けとなる質問をすることはあっても、答えは結局、信者が自ら導き出すしかない。神官にできるのは、アタモニの神に祈ることだけなのだ。

ゆえに、フィリアは待った。

だがそれは長いことではなかった。少女は手の甲で涙を拭うと、顔を上げてフィリアを見た。瞳はまだ少し赤かったが、失望は消えて、強い意思が蘇《よみがえ》っていた。

「フィリア聖司祭……あなたはこの世界の人々に、英雄、と呼ばれる人です。そして、このストレイライズ大神殿で、真理を探究する研究者の中で、最高の知恵と知識を持つ人物だと聞いています。教えてください、聖司祭。どうすれば、わたしは英雄に出会えるのですか？」

少女の瞳は、怖いくらいに真剣だった。

「英雄……英雄ですか」

静かな声で、フィリアは言った。その声は、大聖堂の内陣《ないじん》に、清らかな流水の音のように響いた。

「あなたは、英雄に出会いたいと仰《おつしや》いましたね？　けれど、世の中に英雄と呼ばれる人々は、実にたくさんいることを、あなたはご存知ですか？」

「英雄がたくさん⁉」

驚く少女に、フィリアはゆっくりと頷いた。

「そうです。小さな男の子にとっては、物語の中でしか知らない人物よりも、父親や兄、お城の門番の方が英雄かもしれません。あえて罪を犯す者――盗賊や海賊にとってはどうでしょうか？　世間では大悪人として名が知れている者こそが、英雄かもしれません。荒地を開墾《かいこん》してできた村の人々にとっては、開拓者こそが英雄でしょう。見方を変えれば、世界は英雄で溢《あふ》れているのですよ？」

「そんなの詭弁《きべん》だわ！」

少女は、フィリアの言葉を切り捨てるかのように、腕を振った。

「父親？　大悪人？　開拓者？　そんなの、誰が英雄だなんて認めるんですか⁉　誰も認めたりしない！　本当の英雄は、誰もがそうだと認める偉大《いだい》な人物のはずです！」

「それが、あなたの探している英雄なのですか？　けれどあなたは、わたくしを『英雄ではない』と言いましたね？」

「！」

少女は明らかにうろたえ、栗色の瞳が、混乱したように泳いだ。彼女の言い分通りなら、フィリアは間違いなく英雄なのだ。少女は、自分を抱きしめるようにして、拳に歯を立てた。その唇は微《かす》かに震えている。

それを見つめながら、フィリアは諭《さと》すようにやわらかく微笑みかけた。

「世間では、わたくしは四英雄の一人ということになっています。けれども、あなたにとっては、そうではないのでしょう？　ですから、世界には英雄が溢れている、と申し上げたのです。——あなたにとっての英雄とは、どのような人物のことなのですか？」

「わたしの求める英雄……」

少女は拳に歯を立てたまま、しばらく考え込むようにしていたが、やがて手を下ろすと、フィリアを真っ直ぐに向いた。

「それは、世界そのものの運命すら変えてしまうほどの《力》を持つ人です。わたしはそんな英雄に会い、その《力》の源《みなもと》が何かを知りたい」

「知識の探求があなたの目的ですか？　ならばこの神殿の『知識の塔』が、お役に立てるかもしれません」

「いいえ。知識がわたしの求めるものではありません。わたしは英雄の《力》を知り、それを手に入れたいんです」

眼鏡の奥で、フィリアは微かに眉を顰《しか》めた。英雄の《力》を手に入れたいという考えは、とても危険なもののように思える。《力》を求め、破滅《はめつ》していった人間を、フィリアは何人も知っていた。

「《力》、ですか……わたくしには、あなたはすでに、十分に大きな《力》を手にしているように感じられるのですが？」

それはフィリアの直感だった。少女からは、何かとてつもない——そう、かつて初めて《神の眼》の前に立ったときに感じたような、そんなオーラのようなものが感じられる。

だが、少女は激しく首を振った。

「いいえ！　ダメなんです！　いまのわたしの《力》じゃ、足りないんです！　全然ダメなんです！」

その叫びからは、強い痛みと焦《あせ》りが感じられた。

英雄の《力》が欲しい、というのは不遜《ふそん》な考えではあるが、利己的な目的でそれを利用しようとしているとは思えない真摯《しんし》さが、少女の声には滲《にじ》んでいた。

「……あなたは、その《力》を手に入れて、いったい何をするつもりなのですか？」

フィリアは体の前で手を組むと、静かに訊いた。

だが、少女は黙したままで、その問いに答えようとはしなかった。

「話せない、ということですか。それは、わたくしがあなたの求める英雄ではないから？」

少女は頷いた。

「でも！　決して、悪いことに使おうと考えているわけじゃありません！　それだけは、信じてください！」

それを聞くと、フィリアは微笑んだ。

「ええ、信じましょう。……残念ですが、わたくしには、あなたがどうすれば英雄と出会えるのか、それはわかりません。けれど――」

その時、異様な気配が風のように押し寄せてきて、フィリアは大聖堂の隅《すみ》を振り返った。

床の上、数センチのところに、黒い球体が浮かんでいた。放電を繰り返しながら、ゆっくりと大きくなっていく。吐き気をもよおすような、不快感とめまいに襲われて、フィリアはよろめいた。

「聖司祭！」

倒れる寸前に、少女が体を支えてくれた。だが、礼を述《の》べるのも忘れ、フィリアは球体を凝《ぎょう》視《し》していた――闇《やみ》が、人の形になっていく。シルエットだけで、男であること、相当な巨漢であることがわかった。

闇が、足元から解けていく。

緑の縁取りの黒いブーツが最初に現れ、次いで、ぴったりとした紫色の服に包まれた丸太のような脚《あし》、レンズの飾りが腰についた腰布が見えた。腕には銀色の筒状の籠手《こて》をはめ、二の腕には緑の文様が描かれている。岩のように分厚い胸は白と青で飾られ、異国の戦士の化粧のようだ。ざわ、と広がった髪は夜が迫る空のような暗い青で、背中には新緑と同じ色のマントが翻《ひるがえ》った。

男はゆっくりと顔を上げると、フィリアを見た。彫りの深い顔は厳《きび》しく引き締まり、その瞳には間違えようのない怒りと憎しみが、その手には巨大な戦斧《せんぷ》があった。

「……《神の眼》を砕《くだ》いたという四英雄が一人、フィリア・フィリスだな？」

「あなたは……？」

「我が名はバルバトス——英雄を狩《か》る者だ」

バルバトスと名乗った男は、狼《おおかみ》のように鋭く歯を剝《む》くと、戦斧を振りかざし、疾風《しっぷう》のごとくフィリアに襲いかかった。

「フィリア聖司祭！」

「下がって！」

前に出ようとした少女を、フィリアは背中にかばった。自然と手が腰へと動き、そこにあるはずのない剣の柄《つか》を、探っていることに気がついて、ハッとした。

「フィリア・フィリス——覚悟！」

ステンドグラスから差し込む光を受けて、刃《やいば》が万華鏡のように輝く。白い神官服が切り裂かれ、斧《おの》が深々と胸に食い込むのを、焼けつくような痛みとともに、フィリアは見た。

（――クレメンテ！）

急速に暗くなる意識の中で、フィリアは、失われた友の名を、声にならない声で呼んだ。

「まずいぞ、カイル！」

焦《あせ》ったようなロニの声に顔を上げた直後、カイルはあの少女の悲鳴を聞いて、ばね仕掛けの人形のように立ち上がった。

何かよくないことが起きた――動くには、それで十分だった。

剣を引き抜くと走り出し、ロニもそのすぐあとに続く。

大聖堂の扉に手をかけると、鍵はかかっていなかった。破るようにして開き、中に飛び込めば、目を背《そむ》けたくなるような惨状《さんじょう》がそこにあった。

あの少女が青い顔で、司祭服の女性を抱きかかえている。おそらくは白かったであろう女性の服は、自らの血で赤黒く染まり、床に敷かれた絨毯も変色していた。肌《はだ》は蠟《ろう》のように白い。

彼女が誰であるのか、カイルにはすぐにわかった。緑髪に眼鏡――フィリア・フィリスだ！

彼女たちのすぐ脇には、血の滴《したた》る斧を下げた男が――バルバトスが立っている。

「二人から離れろ！」

剣を突きつけるようにしてカイルが叫ぶと、バルバトスの暗く青い瞳がこちらを向いた。途端、冷たいものが背中を走り、意思に関係なく体が震えた。

「こいつ――」

後ろで呟いたロニの顔は、血の気を失って白くなっていた。

「……なんだ、貴様は？」

地の底から聞こえてくるような声。気圧《けお》されそうになるのを、固唾《かたず》を呑《の》んで耐え、カイルはさらに剣を突き出した。

「おまえがやったんだな！」

「だとしたら、なんだというのだ？」

バルバトスが斧を一振りすると、刃についた血が床に飛び散った。

「雑魚《ざこ》に用はない。家に帰って母親に甘えていろ。それがお似合いだ――小僧」

それを聞いた途端、カイルの顔は真っ赤になった。

「ば、馬鹿《ばか》にするな！　オレはもう大人だ！　英雄になる男なんだぞ！」

「英雄だと……!?」

バルバトスの顔つきが一変した――獲物を見つけた餓《う》えた狼のように。

「小僧、俺に向かい、英雄を名乗ったな!?　この俺に向かって！――ウオオオッ!!」

それは、まさしく咆哮《ほうこう》だった。カイルは体が痺《しび》れたようになって動けず、愚《おろ》か者のようにその場に立ち尽くした。ほとんど一瞬にして、斧の一撃が頭上に迫るのを見ながら、どうすることもできなかった。

「危ねえ、カイルっ!!」

　横からロニに飛びつかれて床に転がり、カイルはしたたかに背中を打った。その痛みが、金《かな》縛《しば》りを解いてくれた。床が爆発したように砕け、バラバラと破片《はへん》が降り注ぐ。底が抜け、バルバトスの体は平衡《へいこう》を失ったように沈み、埃の中で姿が霞《かす》んだ。

「ば、化物めっ！」

　カイルを抱きかかえたまま、ロニは叫んだ。

「ダメだ、カイル！　勝ち目なんかねえ!!」

「だからって、逃げるわけには行かないだろ、ロニ！」

　カイルはロニの下から這《は》い出すと、バルバトスに向かって走り出した。

「やめろ、カイル！――くそっ!!」

　ロニは立ち上がると、ハルバードを下げ、二本の指を顔の前に立てるようにした。

「先制攻撃っ、くらえっ！　デルタレイッ！」

　いまだ埃が立ち込める空間に、輝く三つの光球が出現し、巨軀《きょく》の影を目掛けて走った。狙い違《たが》わず、直撃する。光属性の攻撃晶術だ。その正体は高熱の雷球《らいきゅう》で、相手の自由を奪うと同時に肉体を焼く。

「がっ！」

青い火花が散ってバルバトスが仰《の》け反《ぞ》り、硬直する。その隙を逃さず、カイルは姿勢を低くして、男の懐《ふところ》へ飛び込んだ。硬直はすぐに解けたが、遅い！　無数に舞い落ちる葉のように、カイルは突きを繰り出した。特技・散葉刃《ちりはじん》――だが、そのほとんどは、バルバトスの斧によって防がれてしまった。しかし、諦《あきら》めない！

「まだだっ！」

刃を返し、カイルは渾身《こんしん》の力を込めて縦横《じゆうおう》に剣を振るった――奥義・牙連蒼破刃《がれんそうはじん》の第一の型である。変幻自在に軌道を変える斬撃《ざんげき》に、バルバトスの肌は切れ、血が飛沫《しぶ》いた。この剣舞が始まれば、相手はただひたすら耐えるしかない。反撃など不可能。息の続く限り、カイルは剣を振るい続け、そして最後の一息の力で剣を腰溜《こしだ》めに構えると、呼気《こき》と共に薙《な》ぎ払った。

「はあっ！」

途端、バルバトスの斧の柄がその半ばで切断された。さらに――

「な、にっ！」

切っ先は届いていないのに、岩塊《がんかい》のような胸が真一文字にすっぱりと斬れ、大量の血が噴出《ふんしゆつ》した。バルバトスの目が驚きに見開かれる。その胸元へ、カイルと入れ替わるようにしてロニが体を捻《ひね》りながら飛び込んでくる。

「くらいやがれっ！」

強烈な回し蹴《げ》りと、ハルバードの柄による打撃が直撃した。

「があっ！」

並べられていた椅子を破壊しながら、バルバトスは吹き飛び、背中から壁に叩きつけられて崩れ落ちた。壁にかかっていた布が、ばさりとその上に落ちる。

男の胸を切ったのは、カイルの奥義・牙連蒼破刃の第二――真空刃による斬撃。吹き飛ばしたのは、ロニの奥義・空破特攻弾《くうはとっこうだん》の一撃だ。

「や、やったのか……⁉」

ロニは油断なく、ハルバードを構えた。

「不意打ちだったが、うまくいったのか……⁉　カイル、騎士のくせにやり口が汚ねえ、なんて言うなよ！」

「い、言わないよ！」

特技、奥義の連携《れんけい》によって乱れた呼吸を必死に整えながら、カイルは答え、そうして剣を手にバルバトスの方へ慎重に歩き出した。死んでいればよし、もし生きているのなら、ダメージのあるうちにとどめを刺しておかなければヤバイ――そう本能が告げていた。

ロニも今度は反対をせず、むしろカイルを追い抜くように近づいていった。だが、あと一メートル、という距離まで近づいた時、その足が不意に止まった。

「なんだ？」

カイルも、すぐに異変に気がついた。バルバトスの体の周囲が、紫色に発光している。光は微かな煙のように揺らいで、男の体を包むように広がりながら、二人の足元にも忍び寄った。すう、と息を吸い込んだ途端、火を飲み込んだような痛みがあって、カイルは激しくむせ返った。体が痺れる！

「ちきしょう、毒だ！」

靄《もや》の正体に気づいて隣で叫んだロニも、しかし、がっくりと膝《ひざ》をついてしまっていた。肌が見る間に灰色に変色していく。

霞《かす》む視界のなかで、丸太のように太い腕が壁掛けを掴《つか》み、ばさりと取り払うのが見えた。まるで、少し休憩をしていた、と言わんばかりの態度で、バルバトスが壁に寄りかかるようにして座り、二人を見下ろしていた。カイルが付けたはずの傷は、何故《なぜ》か微塵《みじん》も見られない。服が裂けて褐色の肌が覗いているだけだ。

バルバトスは悪魔が微笑むとこんな表情になる、と言わんばかりの笑みを浮かべ、喉《のど》の奥でくぐもった笑いを立てた。

「……なるほど。ただのバカな小僧ではない、と言う事か。追い詰められれば、猫も獅子《しし》の尾を噛むこともあるということ……忘れていた」

ゆらり、とバルバトスは立ち上がった。掌《てのひら》を開いた左腕を前に突き出すようにする。彼の周りで渦巻《うずま》いていた光が、紫から赤へと変わっていく。

「や、やべえ……！」

眼の下に黒く隈《くま》を浮き出させながら、ロニは力を振り絞ってカイルの襟《えり》を掴むようにして、何とかこの場から逃れようとした。だが、ほとんど動けない。

「し、晶術……」

かろうじてまだ剣を握りながら、カイルは呟いた。バルバトスから、強い《晶力《しょうりょく》》の高まりを感じる。腰のベルトのレンズが、共振したように震えていた。

バルバトスはその様子を面白そうに眺《なが》めながら、命を握りつぶすかのように指を閉じた。

「破滅せよ……グランヴァニッシュ！」

カイルとロニの体の下で大理石がひび割れ、隙間から真っ赤な光が漏《も》れてきた。次の瞬間、轟音《ごうおん》とともに大聖堂の床は爆発し、二人は為《な》す術《すべ》もなく吹き飛ばされた。剣が、指から離れる。ロニはアタモニ神の大神像の足元に転がり、カイルは、焼け焦げてまだちろちろと炎を上げる絨毯の上に落ちて動けなくなった。

バルバトスはゆっくりとカイルの傍へ近づいてくると、斧の刃でその頬《ほお》を浅く切った。

「……英雄になり損《そこ》ねたな、小僧。クックックッ……ハーッハッハッハッ！」

（ち、ちくしょう……）

カイルは唸《うな》ったが、唇を噛む力もなかった。逃れようのない死を感じて、肉体が恐怖に慄《おのの》いているのがわかる。体は芯《しん》から冷えているのに、汗《あせ》が止まらない。

バルバトスは、斧の刃についたカイルの血を、勝利の戦利品であるかのように嘗《な》め取った。

「かつての英雄と逝《い》けることを、慰《なぐさ》めとするのだな。——死ね！」

ぴくっと体が震えた。

(母さん、ごめん——)

斧が振り下ろされるのが、空気の動きでわかった。だが——

「何っ！」

驚愕《きょうがく》したようなバルバトスの声が聞こえたかと思った途端、鈍《にぶ》い音がして、カイルの目の前にバルバトスの斧が落ち、刃が絨毯にめり込んだ。

「闇の刃よ、僕の命に応《こた》えろ！——シャドウエッジ！」

「ちぃっ！」

どこかで聞いた憶えのある声がした直後、幻想の巨大な黒い刃が床から出現し、バルバトスを襲った。彼は舌を打つと後ろに飛び退《すさ》り、危ういところでこれをかわしたが、刃は微かに掠《かす》っていた。闇の力が毒のように肉体を縛る。

「立て、カイル！」

その声に叱咤《しった》されるように、カイルは立ち上がっていた。目は霞み、体はどこもかしこも痛む。だが、戦える——戦える！

「うわあああああっ！」

カイルは、足元に落ちていたバルバトスの斧を掴むと、これを渾身《こんしん》の力を込めて投げた！

斧は、ぶん、と凶悪な音を立てながら回転して飛び、バルバトスの肩口に、肉と骨を断つ嫌な音を立ててめり込んだ。

「ぐおっ！」

血が噴出し、バルバトスは髪を振り乱しながら、がっくりと膝をついた。

（やった……か……？）

ふっと意識が遠のき、倒れそうになったところを、誰かに抱きかかえられた。

かろうじて開けることのできた目に映ったのは——漆黒のマントと白い獣《けもの》の頭骨の仮面、そして紫色の瞳。

「ジ、ジューダス……？」

「喋《しゃべ》るな。こいつを噛め」

無理矢理口の中に押し込まれた柔らかい物に歯を立てると、酸味を含んだ甘みが広がった。失われた力が回復してくるのがわかる。グミだ。

「……ククク」

轟《とどろ》くような笑いが聞こえて、カイルは顔を上げた。

視線の先で、バルバトスが立ち上がっていた。斧はまだ肩に食《く》い込んだまま、右腕はまったく動かない様子だった。それでも、彼は笑っていた。

「よもや、我が餓えを満たす相手が、この世界にまだいようとはな」

バルバトスの周りに、突如《とつじょ》、闇の球体が出現した。新たな晶術かと思ったが、それはカイルたちには向かわず、バルバトスを包み込むようにまとわりついていった。

「カイルとロニ、とか呼び合っていたな……それに、ジューダス、か。憶《おぼ》えておくぞ、小僧ども。我が名は、バルバトス・ゲーティア。英雄を狩る者だ。貴様が英雄を目指すなら、俺は必ず貴様を殺す。それを憶えておくがいい。クックックッ……ハーッハッハッ！」

闇は、バルバトスの体を呑み込んで、徐々に縮小していくと、ついには完全に消えた。

(逃げた……？　違う……見逃してくれたのか……？)

屈辱《くつじょく》が口の中に苦く広がって、カイルは力ない拳で床を、どん、と叩いた。

(バルバトス……オレも忘れないぞ……)

「大丈夫か、カイル？」

ジューダスの、ほとんど表情の読めない瞳で覗き込まれ、カイルは頷いた。

「ありがとう、ジューダス……そうだ、フィリアさんは！」

立ち上がった途端、足がもつれて倒れそうになった。危ういところで再び抱きとめられ、ジューダスは、無言でカイルの腕を取ると、自分の肩に回した。

「ごめん……ジューダス」

「気にするな」

二人は崩れて大穴の開いた床を迂回するようにして、呆然とフィリアを抱いて動かない少女のもとへと急いだ。ロニも何とか起き上がって、反対側から近づいてきながら、自分よりも先にカイルに回復晶術――ヒールをかけてくれ、それでカイルは肩を借りなくても歩けるようになった。

三人はフィリアを囲むようにして膝をついた。辺りには血溜《ちだ》まりができ、絨毯はぐっしょりと濡れている。彼女の傷口は、目を背《そむ》けたくなるような無残なものだった。

「ロニ！」

カイルは義兄を振り返って問うたが、彼は悔《くや》しげに首を振った。

「これだけ傷が深いと、俺のヒールじゃどうしようもねえ」

「そんな！　だって、いまだってオレをこんなに元気にしてくれたじゃないか！」

「ヒールは、人間の持つ自然治癒力《ちゆりよく》を高めて加速させるだけだ！　自然に治らないような傷はどうしようもないんだよ！……致命傷は治せねえ」

苦しげにロニは呟いて、唇を噛んだ。

「致命傷……」

「残念だが……フィリア聖司祭は、アタモニ神の御許《みもと》へ召《め》される時が来たんだ」

うつむき、ロニは胸元で神の印《いん》を切った。

「ずいぶんと簡単に諦めるんだな」

馬鹿にしたようなジューダスの口調に、ロニは仮面の少年を睨《にら》みつけた。

「何？」

「試しもせずに、あとは神に祈るだけか？」

「てめえに……てめえに何がわかるんだよ！　偉そうなことを言うなら、何とかして見せろ！」

「僕にはどうしようもないが、しかし、彼女を助けられる人間がここに一人いる」

「だ、誰!?」

カイルが思わず身を乗り出すようにすると、ジューダスは静かに少女を──フィリアを抱いて呆然《ぼうぜん》としているあの子を向いた。

「あの子が……？」

「《力》を使え、リアラ」

カイルの疑問には応《こた》えず、ジューダスは少女にそう話しかけた。少女は、びくっと体を震わせると、栗色の瞳で彼を見た。

「おまえには、それだけの《力》があるはずだ」

「わたしが……」

「できなければ、フィリアは死ぬ。それでもいいなら、ただ、そうして呆然としているがいい。だが、少しでも助けたいと思うなら、おまえの持っている《力》を使ってみろ」

「わたしの……《力》……」

少女は、ペンダントを見下ろした。

「おい、仮面野郎！　いったい何言ってんだよ！　ちゃんとわかるように説明しろ！」

「黙っていろ。フィリアを助けたくないのか」

「ぐ……」

そう言われてしまえば、ロニも黙るしかなかった。どのみちできることはないのだ。

少女はフィリアを抱いていた腕を放すと、血に染まった両手を組み、静かに目を閉じた。

「……お願い……フィリア聖司祭を助けて……」

祈るように呟く。

「お願い……」

じわ、と少女の額《ひたい》に汗が滲《にじ》んだ。組んだ手は、力を入れるあまり、白く変色している。

すると、やがてペンダントの奥で小さな光が生まれた。それは徐々に強くなり、しかし――

「だ、だめ……」

苦しげに言って少女が息を吐くと、瞬《また》く間に消えてしまった。

「見殺しにするというのだな？」

唇を震わせる少女に、ジューダスは吐き捨てるように言った。

少女は彼を睨みつけると、もう一度、しっかりと手を組んだ。ペンダントの奥で、再び光が生まれる。淡い、とても淡い輝き。

（消えるな！）

カイルは、理由はわからなかったが、とにかくそう祈った。直感で、この光こそがフィリアの命の輝きだ、と思った。

光は次第に大きくなり、やがて目もくらむばかりになると、ペンダントを飛び出してフィリアの傷口に突き刺さり、白く輝かせた。そして、その光が消えたあとには、バルバトスの斧によってつけられた醜《みにく》い痕《あと》はどこにもなく、ただ滑らかな白い肌が覗いているだけだった。

ジューダスはほっそりとした指を伸ばすと、フィリアの首筋に触れた。

「……もう、大丈夫だ」

彼がそう呟いたとたん、少女は突如意識が遠くなったかのように後ろへ倒れかけ、危うい所をカイルが抱きとめた。少女の体は羽のように軽く、そして炎のように熱く、カイルは心臓がドキドキした。

「聖女の奇跡だ……」

呆然とロニが呟いた。

「なんで、エルレイン大司祭長とおなじ《奇跡》の力をこの子が……？」

「…………」

ジューダスはそれには答えず、マントを外してフィリアにかけてやり、はだけた胸元を隠すと、彼女の体を軽々と持ち上げた。

「行くぞ。騒ぎを聞きつけて神団の連中がくる。フィリアの私室にしばらく隠れた方がいい」

「ってオい！　俺は聖司祭の部屋がどこにあるかなんて知らねえぞ！」

「問題ない。僕が知っている」

振り返りもせずに、ジューダスはとっととと歩き出した。

「って待てよ！――行くぜ、カイル！　わけがわかんねえが、確かに、ここにいちゃまずい！」

「う、うん」

カイルは、ジューダスと同じように少女を抱き上げた。彼女は、クレスタの孤児院のチビたちよりも軽く、そして花のような匂いがした。

ロニは、床に落ちていたカイルの剣と、自分のハルバードを拾うと、カイルを先に行かせ、辺りを警戒しながら、そのあとを追った。


深い眠りから呼び覚まされたのは、はしゃぐような少年の声が聞こえたからだった。

頭の中が混乱していて、記憶の整理がつかない。だが、徐々に何があったのかが思い出されてきて、フィリアは不思議に思った。魂《たましい》とは意識そのものだから、こうして思考できるのはわかるが、これほどはっきりと五感も残っているものなのだろうか？

（違う……？　生きている……？）

そこに考えが及んだ時、今度こそ少年の声がはっきりと聞こえた。

「すごいよ、君！　フィリアさんの傷をあんなふうに治しちゃうなんて！」

「……すごくなんかない。わたしは何もできなかった。ただ、守ってもらっただけ。怖くて、混乱して、晶術を使うこともできなかった……。わたしがもっとしっかりしていれば、フィリア聖司祭に怪我をさせることもなかったのに……。わたしの《力》がもっと強ければ……誰にも負けないくらい強ければ……」

「で、でも！　君がいたから、致命傷を治せたんだよ!?　そんなに落ち込むこと——」

「ダメなの！　こんな《力》じゃ、何もできない！　わたしなんか、やっぱり……」

誰かが小さくため息を吐くのが聞こえた。おそらくは、少年の方だろう。

(やはり、わたくしは生きているみたいですね)

二人のやりとりから、それはわかった。何をどうしたのかはわからなかったが、少女が、フィリアが持っていると感じた、強い《力》を使ったのだろう。

フィリアは重たい瞼《まぶた》を開けた。最初に飛び込んできたのは見慣れた天井で、ここが自分の部屋であるとわかった。頭の後ろにはお気に入りの、大きなふかふかの枕があるのがわかる。

ベッドの向こうに、誰かを思い出させる跳《は》ねまくった金髪の少年が、困ったように頭を掻《か》いているのが見えた。その前に置かれた椅子《いす》には、自分を訪ねてきた、リアラと名乗ったあの少女が、腰を掛けてうつむいている。

少し離れたところ、窓の傍には長身の青年が立っている。神団騎士の軽装姿であることに少しホッとした。彼は、警戒するように外を見ている。

さらに瞳をめぐらせたフィリアは、扉に背中を預けて立つ、奇妙な仮面を被った少年を見つけて視線を止めた。うつむいていて顔はよく見えない。さらりと流れ落ちる黒い前髪を、どうしてか見知っているような気がしたが、それが誰かはわからなかった。

「……あのさ、オレが母さんにいつも言われてた言葉があるんだ」

躊躇《ためら》いがちな少年の声に、フィリアは視線を彼の方へと戻した。

「ええと、『反省はしてもいいけど、後悔はするな』って。——反省は未来につながるけど、後悔は過去に縛られているだけで、前にすすむことができないから、なんだって」

「……何が言いたいの？」

「え、えっと、だから、その……君、ずっと、フィリアさんを助けられなかったことを、後悔しているばかりみたいだから、それよりは、次はどうやってがんばろうって考えた方が、前向きなんじゃないかなあって思って……その……」

わかったようなこと言わないで、とでも言いたげにリアラに睨まれて、少年は次第に口ごもり、その声は口の中で小さくなっていった。

——泣いてるだけじゃだめだよ、フィリア？

懐かしい優しい声が、幻《まぼろし》の声のように不意に蘇《よみがえ》り、フィリアの胸は温かくなった。……この子は、昔の自分と同じだ。知らずに罪を犯し、それを悔《く》やんでいたばかりの頃の。

「その少年の言う通りですよ、リアラさん」

言って、フィリアは体を少し起こすようにした。すぐに若い騎士が飛んできて、手伝ってくれ、背中に枕を立てて支えにしてくれた。気がつけば、神官服は脱がされていて、白い禊《みそぎ》用の服を着ていた。

「フィリア聖司祭……」

リアラは椅子から立ち、ベッドを回ってすぐ傍にやってきた。すぐ後ろに、金髪の少年が続く。少女は膝をつくとベッドの上で手を組むようにした。

「ごめんなさい……聖司祭は、わたしをかばってくれたのに、何もできなかった」

「そんなことはありませんよ」

少女の手を、フィリアは優しく握った。

「あの男は、わたくしを狙ったのです。あなたが罪に思うことは、何もありません。それどころか感謝しています。あなたが、わたくしの命を救ってくれたのでしょう?」

リアラは返事をしなかった。だが、そうに違いないと確信が持て、フィリアは少女の手を撫《な》でるようにした。

「少し、昔話をしましょうか?」

「昔、話……?」

「ええ。──かつて、世界を滅ぼしかけた巨大レンズ《神の眼》が、このストレイライズ大神殿に保管されていたことは知っていますね？　わたくしは十八年前の争乱のとき、最初に《神の眼》を盗み出した、大司祭グレバム様の下で、ずっとレンズの――《神の眼》の研究をしていたのです。研究結果が、どのように使われるのか、そのことをまったく知らずに」

不意にだるさが襲ってきて、フィリアは息を吐いた。

「……彼が《神の眼》を使って、世界の支配者になろうとしたのを、止めることができなかったわたくしは、自らの責務として、いま英雄と呼ばれている人々とこれを追いました」

「スタン・エルロンとルーティ・カトレットですね」

リアラの言葉に、フィリアは頷いた。

「ええ。それとリオンさんも」

懐かしい名前を口にして、フィリアは、あ、と思い、扉の前に立つ、仮面の少年をちらりと見た。そうだ――思い出した。この少年は、彼によく似ているのだ。

「ち、ちょっと待ってよ！　リオン・マグナスは英雄じゃなくて裏切り者だろ⁉」

驚いたようにカイルは言った。

「だって、せっかくグレバムから奪い返したレンズを、ヒューゴ親子がまた盗み出して、世界を滅ぼそうとしたんだから！」

フィリアは、少年の方を向き直った。

「確かに、あの人はそう行動しました。でも、わたくしは、リオンさんを裏切り者だとは思っていません。ただ、運命の悪戯《いたずら》で敵対することになっただけ……そう思っています。世の人々がどう思うと」

「そんな……」

少年は、驚いたような顔をしていた。

「話が逸《そ》れましたね？——わたくしは初め、スタンさんたちと共にかつての師を追いながら、彼を止められなかったことを、わたくしの研究が多くの人を苦しめる結果になったことを、ことあるごとに悔やみ、涙していました。そんなわたくしに、スタンさんは『泣いているだけじゃだめだ』と教えてくれたのです」

「泣いているだけじゃ……ダメ……」

噛み締めるように、リアラは呟いた。

「ええ。後悔は何も生み出さない——そのことを、あの人が教えてくれたから、わたくしは本当の意味で、前に進むことができた。リアラさん？　あなたが《力》を求めるのは、何かを生み出そうとしているからではないのですか？　でしたら、後悔ではなく、反省をしなくては。……わかりますね？」

リアラはしばらく考え、そうして、こっくりと頷いた。それを見てフィリアは微笑み、彼女の手を軽く叩くようにした。

「残念ながらわたくしには、あなたが、あなたの求める英雄に出会う術《すべ》は、わかりません。けれど、いまのあなたに必要なものなら、わかります」

「わたしに、必要なもの……？」

　フィリアは頷いた。

「ええ。――あなたを助け、あなたを支え、そして導いてくれるもの……それは、仲間です。わたくしにとっての、スタンさんや、ルーティさんのような、そんな人たちこそが、いまのあなたには、必要なのだと思います。そしてあなたも、仲間のために、きっと何かできることがあるでしょう。あなたの《力》を、まずその人たちのために使うことを、考えてみてはいかがですか？」

「わたしの《力》……仲間のために……」

　リアラの表情は、フィリアの言葉に明るさを増したが、すぐにまた曇《くも》ってしまった。

「……ダメです。そんな人、いるはずがありません」

「そうですか？　わたくしにはもう、すぐ傍まで来ているように見えるのですが？」

　フィリアは眼鏡の奥から、ちら、と少年を見た。その意味するところがわかったのか、少年は猛然と胸を張ると、どん、と自分の胸を叩いた。

「オレがなるよ！」

　リアラは、驚いたように少年を振り返った。

「オレが、君の仲間になる！　ずっとずっと一緒にいる！　決めた!!」

「で、でも……」

「君がこれからも英雄を探すつもりなら、あのバルバトスとかいう奴が、また現れるかもしれないだろ？　俺が君を守る！　それに、一緒にいれば、オレが君の探している英雄だってことも、きっとわかるしね！」

へへへ、と少年は笑って頭の後ろで両手を組むようにした。

助言を求めるようにベッドを向いたリアラに、フィリアは力づけるように頷いた。

リアラは立ち上がると、少年の前に立って、そして胸の前で手を組むようにして、彼の顔を見つめた。少年の顔が、ほとんど瞬時に赤くなる。

「……本当に、わたしと一緒に来てくれるの？」

「も、もちろん！　一緒に行かせていただきますっ!!」

ぎくしゃくと少年は答え、その様子にリアラは、何故《なぜ》かうつむいて肩を震わせた。

「ど、どうしたの？　オレ、なんか悪いこと言った!?」

「ばーか。おまえが変なリアクションをするから、笑ってんだよ」

うろたえた少年に向かって、ベッドの脇に立っていた青年が、からかうように言った。

「そ、そうなの……？」

「ご、ごめんなさい。なんだか、ホッとしたら、急におかしくって」

にじんだ涙を指で拭《ぬぐ》って、リアラは微笑んだ。

それは、とても美しい、光そのもののような微笑みだった。

少年も、リアラの笑顔を初めて見たのか、どぎまぎしているのを必死に隠す様子が、とても可愛《かわい》らしかった。

「い、いいよ、別に！　あ！　そ、それより、オレ、君のことなんて呼んだらいい？　リ、リアラさん、でいいのかな？」

「さん、なんていらない。リアラ、でいいわ」

「う、うん、わかった。改めてよろしく。オレ――」

「カイルさん、でしょ？　そして、ロニさん」

青年は応えて手を上げた。

「俺も、ロニでいいぜ。カイルのことも、さんなんてつけなくてかまわねえよ。な、カイル？」

「うん、もちろんさ！」

リアラは頷き、それから扉に寄りかかるようにして立つ、仮面の少年を振り返った。

「あの人は……？」

だが、紹介をされる前に、彼は踵《きびす》を返すと、扉を開けて部屋を出て行ってしまい、カイルは、あ、と声を上げた。

「待ってよ、ジューダス！――リアラ、ジューダスっていうんだ、あいつ」

「ジューダス……」

「うん。――行こう、ロニ、リアラ！　追いかけなきゃ！」

カイルはすぐにでも駆け出しそうな勢いで言ったが、ロニは肩を竦《すく》めた。

「ほっとけよ。どうせ、一緒に来るつもりなんかねえだろ」

「そんなことないよ！　だって、オレたちのこと助けてくれたじゃんか！」

「ったく、しょうがねえな」

諦めたようにため息を吐いて、ロニはハルバードを肩にかけ、フィリアを振り向いた。

「それじゃお大事に、聖司祭様」

「あなたは、神団騎士……では、ないようですね？」

ロニは鼻の頭を掻いた。

「やめたんですよ。なので、俺たちのことは、内密にしていただけるとありがたいんですが」

「わかりました。命の恩人ですものね。気をつけてお行きなさい。あなたに、アタモニ神の御加護がありますように」

フィリアは、旅の安全を祈願《きがん》する印を切った。

「ありがとうございます、聖司祭様」

神団騎士の礼をして、ロニはベッドを離れると、カイルの尻《しり》をどやしつけるようにした。

「ほら、行くぞ！」

「ってえ！　なんだよ、ロニ！――フィリアさん、それじゃ！」

「ありがとうございました、フィリア聖司祭」

カイルは手を振り、リアラは深く頭を下げて、そうして部屋を出て行った。パタン、と扉が閉まり、部屋の中にはいつもの静けさが戻った。

フィリアは、深く息を吐いた。禊服《みそぎふく》のボタンを外し、そっと手を胸元に滑り込ませる。傷はまったく残っていなかった。

（……不思議な子たち。リアラさんに、ロニさん。ジューダスくんに、カイルく——カイル？）

はた、と気がついたことがあって、フィリアは扉を振り返った。

（そうだわ！　確か、スタンさんとルーティさんのお子さんの名前が、カイル、くん……そう……そうだったの……あの子が……）

フィリアは、酷《ひど》い痛みを堪《こら》えるように、眼鏡の奥で藍《あい》色の瞳を閉じた。

「スタンさん……」

胸に深く封印していた、いまだ消えぬ想いを秘めたその呟きは、窓から差し込む暖かい午後の陽射《ひざ》しに涙とともに融《と》けて、誰にも届くことはなかった——

「待ってよ、ジューダス！」

旧《ふる》い神殿部分を抜けたアイグレッテの倉庫街で、カイルたちはようやく、ジューダスに追いつくことができた。ジューダスは立ち止まると振り返り、三人が穴から這い出して、追いつくのを待ってくれているようにも見えた。

「ひ、ひどいよジューダス。いきなり出て行っちゃうんだもんなあ。助けてもらったお礼も、まだ言ってないのに」

息を切らしてカイルが言うと、ジューダスは顔を背けた。

「礼などいらん。偶然、通りかかったら、おまえたちが無様《ぶざま》に這いつくばっていたから、気まぐれで手を貸してやった――それだけだ」

「どうやったら、あんなところを『偶然』通りかかれるのさ！　そんなわけないじゃん！　助けに来てくれたんだろ⁉　そうに決まってるよ！」

「……そう思いたいなら、勝手にしろ」

ジューダスは踵を返すと、街の方へと再び歩き出そうとした。カイルは思わず翻ったマントを掴んでしまい、ジューダスに鋭く仮面の奥から睨まれて、慌てて手を放した。

「ご、ごめん。でもさ、ジューダスはどうして、オレたちのことを助けてくるの？」

「だから、『偶然』だと――」

ジューダスは、ちっと舌を打った。

「――おまえを見ていると、危なっかしくてイライラするからだ。なんにでも首を突っ込みたがる。相手の力量も見極《みきわ》めずに斬りかかる。少しは考えたらどうだ？」

それを聞くとカイルは、にまあ、となんともいえない笑顔になった。

「な、なんだ？」

「ふふー、良く見てるじゃん、オレたちのこと。そっかあ……外から見ると、オレたちってそう見えるんだ。なるほど、ジューダスがイライラするのも、わからなくもないな」

　うんうん、とカイルは頷いた。

「だったらさ！　ジューダスも、一緒に来ればいいんだよ！」

「な、何……？」

「遠くから見てるから、イライラするんじゃないかな？　だったら、オレたちと一緒に来て、その場で、いろいろ言ってくれればいいんだよ！　それに、フィリアさんも言ってたじゃん。リアラには仲間が必要だって。ジューダスくらい剣の腕が立つ仲間がいれば、心強いし、一緒に旅をしようよ！」

　仮面の奥で紫色の瞳が揺れたが、ジューダスは深く息を吐くと、再び背を向けた。

「……やめておけ。僕を仲間にすると、ろくでもないことになるぞ」

「ろくでもないこと？」

　カイルは首を傾げた。

「話す必要はない」

「ふーん……まあ、いいけど。オレは気にしないよ。だって、英雄に困難は付き物だからね！」

　気楽に言うと、ジューダスは仮面の奥で目を吊《つ》り上げた。

「おまえはわかっていない！　だから、そんな能天気なことが言えるんだ！」

吠《ほ》えるように言ったジューダスに、ロニは怒りを滲ませて足を踏み出す。カイルはあわてて、彼を背中で押さえるようにした。

「で、でも、一緒に来なくても、少し離れてやっぱりついて来るんだよね？」

「う……」

「だったら一緒に行った方がいいよ！　その方が効率的じゃん？　だから一緒に行こう！——いいよね、ロニ？　リアラ？」

そう言うと、ロニはため息を吐いてハルバードを肩にのせるようにした。

「……カイルがそうしたいなら、それで構わねえよ。俺はおまえの意思を尊重する」

「わたしも構いません。あの男のことを考えると、ジューダスさんがいてくれるのは、心強いです——あなたが何者であろうと、いまは」

リアラは、仮面の横顔を真っ直ぐに見つめて言った。

「ということで、決まり！　オレたちは、ジューダスを歓迎するよ！」

カイルは、ようこそ、という意味をこめて、両手を広げた。

「……馬鹿者どもが。あとで後悔しても知らんぞ」

してやったり、とカイルは笑顔になった。

「それじゃよろしくね、ジューダス！」

カイルは手を差し出したが、ジューダスはやはり、握手をしようとはしなかった。その態度にロニは気色《けしき》ばんだが、肘《ひじ》で脇腹をつついて我慢してもらった。

「そ、それで、どうする？　リアラ。これから、どこに行く？」

ペンダントをいじりながら、リアラは少し考えるようにした。

「……フィリア聖司祭が、わたしの探している英雄でなかったら、ファンダリア王国へ行こうと思っていたの。だから――」

「わかった！　ウッドロウ陛下《へいか》に会いに行くんだね！　英雄王、ウッドロウ・ケルヴィン陛下かあ。よし、決まり！　ハイデルベルグへ行こう！　それには――ええと……ええと……」

考え込んだカイルを見て、ジューダスは深いため息を吐いた。

「……この街の東にある港から船に乗り、北回りでスノーフリアへ向かうんだろうが。そこからは徒歩でハイデルベルグを目指せばいい」

「そうそう！　それが言いたかったんだ、オレも！」

「……嘘つけ」

ロニは後ろから、カイルの頭を軽く小突《こづ》いた。

5　船の上で

カイルたちは、ぐずぐずしてはいなかった。

ジューダスに伝手《つて》があるというので、スノーフリア行きの船の手配を任せ、その間に宿を引き上げた。主《あるじ》はブツブツ言っていたが、大聖堂であれだけの事件が起きたのである。急いで出発しなければ、港そのものが封鎖《ふうさ》される可能性があった。

帰りを待つ間に、三人は宿に併設《へいせつ》されていた食堂で軽食を取り、ジューダスの分は弁当にしてもらった。食堂は混雑していて、カイルたちは派手派手な扮装《ふんそう》の吟遊《ぎんゆう》詩人と、相席になったりもしたが、神団の連中がやってきて尋問《じんもん》されるようなことはなかった。

やがて戻ってきたジューダスは、

「三十分後に出港する船の部屋が取れた」

と四人分のチケットを見せてくれた。代金は、と訊《き》くと気にするなと言われてカイルはホッとした。スノーフリアは赤道を越えた反対側にあるということだったから、運賃は相当高いのではないかと心配していたのだ。

「あ、じゃあ、これ！」

カイルは油紙の包みを差し出した。

「なんだ、これは？」

「ハンバーガー。常連さんだけの、この宿の名物なんだってさ。お客は『いつものやつ』って頼むんだって。おいしかったよ？　これ、ジューダスの分」

押しつけられるようにした包みを、ジューダスは戸惑《とまど》いながら受け取った。

「あ、ああ……ありがとう……」

仮面の奥からハンバーガーを見つめる彼の姿に、カイルは嬉《うれ》しそうな笑顔を見せた。

「へへ。さ、行こう！　船旅だ！」


「スノーフリアへは北回りと南回りの二つの航路がある」

とりあえず部屋に荷物を落ち着けたカイルに、ジューダスはそう説明をしてくれた。

「いまの季節だと、南回りなら到着までには一カ月ほどかかるが、北回りなら十日ほどで到着できる。だが、南回りは海流も穏やかで、嵐もほとんどないのに対して、北回りは危険な航路だ。極北海の氷の下には巨大な怪物もいる上、船の墓場と呼ばれる場所もある」

「へえー」

感心したように言ったカイルに対して、ロニは鼻を鳴らした。

「わざわざ危ないほうを選んだってわけかい？」

「不満か？　僕は、おまえたちは急いでいると思っていたんだがな？　それに安全な南回りは満室で、空《あ》きがあるのは一週間後だった。嫌なら降りたらどうだ？　僕は止めない」

「おまえなあ……」

呆《あき》れたように言って、ロニは、ばかばかしいといった様子で手を振った。

「やめたやめた。せっかくの船旅だ、楽しまなきゃ損だぜ」

「そうだよね、ロニ！　オレ、こんな大きな船に乗るの初めてだからさ、もう、わくわくしっぱなしだよ！」

カイルは、嬉しそうに両手を握り締めた。

するとロニは、カイルの真正面に回り、その肩に両手を置いた。

「わかるぜ、カイル。俺のこの胸も高鳴っている。なぜなら、旅は人を開放的な気分にさせるからだ！　行きずりの恋人……ただ一度の逢瀬《おうせ》……次がないからこそ燃え上がる恋！」

ぐ、と手に力がこもる。

「それを味わわずして、何の旅だ？――というわけで、俺は行ってくる」

「……つまり、ナンパをしに行くと」

じとーっとした目をすると、ロニはにやりとした。

「んな目で見んなよ。どうせ、他《ほか》にすることもねえんだから、自由行動にしようぜ？　俺たちは仲間だが、だからって年がら年中一緒にいることもねえだろ？」

「賛成だ」

間髪《かんはつ》を入れずにジューダスが言う。

「へ。珍《めずら》しく意見があったな」

ロニはジューダスの肩を軽く叩《たた》くと、踵《きびす》を返し、扉のノブを摑《つか》んで振り返った。

「カイル、おまえもリアラを誘ったらどうだ？　意外といい感じになれるかもしれないぜ」

「な、ななな、何言ってんだよ、ロニ！　オレは別にそんなんじゃ――」

「照《て》れるな、照れるな」
ハ、ハ、ハ、と声では笑うが、目は笑っていない。
「違うよ！　とにかく、余計なことはするなよな！」

「はいはい」

本当にわかっているのか、はなはだ疑わしい仕草《しぐさ》で手を振って、ロニは部屋を出て行った。

すると、そのあとを追うようにジューダスも扉に向かった。

「あ、あれ……？　ジューダスも行っちゃうの？」

「考えねばならないことが色々とあるからな。おまえたちと一緒だと騒がしくてかなわない。ついてくるなよ」

仮面の奥から睨《にら》まれてカイルは、そんな冷たいこと、と言いかけたのを呑《の》み込んだ。ジューダスはマントを挟《はさ》むことなく出て行き、カイルはあまり広いとはいえない船室に、ぽつんと一人残された。

(さてと、どうしようかな……)

カイルは、頭の後ろを掻《か》いて中を見回した。

ここに三人で泊まるのだが、ベッドは二つしかない。基本的には二人部屋なのだ。同じ作りの部屋をもうひとつ押さえてあるが、そっちはリアラが一人で使っている。さすがに女の子と二人きりで同じ部屋に泊まるのではくつろげないので、そういう部屋割りになった。

ベッドは、ジューダスが、まあお金を出したこともあって、ひとつを占有。あとのひとつをカイルとロニで使うことになっている。ロニがクレスタを出て行くまでは、しょっちゅう彼のベッドに忍び込んでいたから、別に気にはならない。

(そうだ！　甲板《かんぱん》に行ってみよう！)

クレスタは海からは遠い。アイグレッテに来る前にも、海を見たことはあったが、四方が全て水、という景色は見たことはない。それを思うと、いてもたってもいられなくなった。が、扉を開けて外に出ると、目にリアラの部屋の扉が飛び込んできて、足が止まった。

――リアラを誘ったらどうだ？

ロニの声が蘇《よみがえ》ってきて、カイルは耳を赤くした。逢瀬、というどこか怪しげな響きの言葉が、頭の中でぐるぐると回る。

それを払うように首を振って、カイルは廊下を走り、階段を駆け上がって外に出た。

途端、強い海風が顔に吹きつけてきて、跳《は》ねまくった髪を揺らした。

けれど、そんなこともまったく気にならないほど、素晴らしい景色がひろがっていた。

「わあ……」

カイルは船の後部甲板の縁へ駆け寄ると、身を乗り出すようにした。さすがにまだ、北中央大陸の陸影《りくえい》は見えるが、それも、ほとんど細い切り絵のようだ。他は全《すべ》て海！　ただひたすらに、深い青い水の世界！　振り返れば風をいっぱいにはらんで、太いマストで真っ白い帆が広がっていた。

それはなぜか、ルーティが屋上で干している、洗濯物《せんたくもの》を思い出させた。不意に、遠くに来たんだな、ということが実感できて、カイルは鼻を啜《すす》った。リアラを誘わなくて良かった、と思った。こんなところ、みっともなくて見せられない。

カイルは、わざと胸を張るようにして、もう一度、北中央大陸を見た。けれどもそれはもう、水平線で霞《かす》みがかかったようになって、はっきりとはわからなかった。

「どうした、カイル？」

夜、何度目かの寝返りを打ったとき、そう声がして、カイルは狭いベッドの中で、器用に向きを変えた。目の前に、ロニの細い顎《あご》がある。

「ごめん、ロニ……起こしちゃった？」

「いや、いいんだがよ。……眠れないのか？」

「ちょっとね」

カイルは小さくため息をついた。

「なんだ？　リアラのことが気になって眠れないのか？　やらしい奴《やつ》だな」

「ち、ちがうよっ！」

危うく大声を出しそうになって、カイルは慌《あわ》てて口を塞《ふさ》いだ。

「……そんなんじゃないよ。ただオレ、本当に父さんみたいになれるのかな、って思ってさ」

「なんだよ、弱気じゃねえか」

「だってオレたち、あのバルバトスとかいう奴にも勝てなかったんだよ？　父さんだったら、きっと負けなかった。それを思うと……情けなくて」

カイルは目を伏せて、小さくため息をついた。それを聞くと、ロニは天井を見上げて、何かを思い出すようにしていたが、やがて、ぽつりと口を開いた。

「……確かに、スタンさんは強かった。当たり前だけどよ、俺なんかがいくら打ち込んでも、それこそ小枝を払うようにあしらわれたもんだ。ルーティさんと二人で、村を狙《ねら》った山賊を壊滅させたこともあったしな。俺は、あの人ほど本当に強い人を知らない」

「うん。ドラゴンにだって負けなかったんだよね。どんな奴にだって負けなかった。あーあ、オレも父さんに剣を習いたかったな。そうすれば、バルバトスにだって――」

「……そいつはどうかな」

天井を見つめたまま、ロニは呟《つぶや》いた。

「なんでさ！」

カイルは体を少し起こし、薄闇《うすやみ》の中でロニを見下ろした。だが、彼は横を向くと、カイルに背中を見せるように、体の向きを変えてしまった。

「なんだよ、ロニ！　ロニは、父さんが、あんな奴に負けるっていうのかよ！」

「……俺がどうかな、と言ったのは、おまえのことだよ、カイル」

「オレの……」

「ああ。おまえは、強いってことを勘違いしている。そんなんじゃ、いくら剣の腕を磨《みが》いたってダメだ。たかが知れてる。単に力の強い奴が英雄なら、ノイシュタットに行けば、いくらだって会えるさ」

「何言ってるのか、わからないよ」

ロニは小さく息を吐《つ》くと、向きを変えて、カイルを真っ直ぐに見つめた。

「確かに、スタンさんは剣の腕もすごかった。けどな、それ以上に大切な強さがある」

「剣以上にすごい強さ!?……ロ、ロニ！　それって何!?　ものすごい特技とか？　それとも特別な晶術《しょうじゅつ》？」

「違う。スタンさんが俺に教えてくれた、本当の強さ……それは『信じる』心の強さだ」

カイルはうつぶせになって肘《ひじ》を立て、眉《まゆ》を顰《ひそ》めた。

「どういうこと……？」

「俺も昔、スタンさんに聞いたことがある。どうすれば強くなれるのか、ってな。そんな俺にあの人は、こう言った──『ロニ、本当に強くなりたければ、信じるんだ。自分を、そして友人を。そりゃあ、時には諦《あきら》めそうになったり、泣きたくなるようなこともあるさ。それでも信じ続けることができれば、最後にはきっとうまくいく。俺は自分を信じた。仲間が、友が信じてくれた自分を信じた。だから、どんなに辛《つら》くても倒れなかったんだよ』──ってな」

「信じる……」

「口で言うのは簡単さ。友達、とか、信じる、とか言うのはタダだ。だが、それを実行するのは難しい。ひとつ間違えば、ただの頑固者《がんこ》だしな。……俺は、まだまだダメだ。すぐに相手を疑っちまうし、自分にも自信が持てねえ」

カイルは驚いて目を瞠《みは》った。

「嘘《うそ》だろ！　だって、ロニはすごく強いじゃんか！」

すると、自嘲《じちょう》するように、ロニは微笑《ほほえ》んだ。

「んなこたあ、ねえよ。腕はまだまだだし、心の方はもっとダメだ。なるべくそうしたいとは思うが、俺が信じられるのは、ルーティさんと孤児院のチビども、それに……おまえだけだ」

「自分のことは……？」

訊いたが、ロニは答えなかった。

「スタンさんが教えてくれた、本当の強さ――それは、信じることを最後まで貫《つらぬ》くこと、だ。本当に強くなりたいなら、おまえもそのことを考えてみるんだな」

カイルは曖昧《あいまい》に頷《うなず》いた。信じることが、本当に強くなるということなのだろうか？　今ひとつ実感が湧《わ》かなかった。

(だから、オレはまだ英雄じゃないのかな？)

そうかもしれない。英雄になれると信じていたはずだが、今夜のように、ふと疑問に思うその弱さを、リアラはしっかりと見抜いていたのかもしれない。

「わかったよ、ロニ！　オレ、もっともっと自分を信じる。絶対に英雄になれるってことを、もう疑ったりしないよ！　父さんだって、きっと、そう信じていたから、そうなれたんだ！」

間違いない、という風にカイルは頷いた。と――

「フフフ……ハハハハハ！」

隣で笑い声がして、カイルとロニは少し離れた場所にあるベッドを見た。

「……あいつが、英雄になれると信じていただと？　馬鹿《ばか》な。あいつは、そんな大それた事、考えたこともなかった」

言って、ベッドの中で向きを変えたジューダスの顔には、仮面がついたままだった。

それを見て、ロニは呆れたように眉を寄せた。

「おまえなあ……寝る時くらい、その骨を取れよ。誰もおまえの寝顔なんかのぞかねえよ」

「うるさい。好きでつけているんだ」

「はいはい、そうですか。――ったく」

話は済んだというように、ロニは、どさ、とベッドに仰向《あおむ》けになって目を閉じた。だが、カイルはまだ体を起こしたまま、薄闇に浮かぶジューダスの仮面を見つめていた。

「ねえ、ジューダス。父さんが、英雄になろうと思ってなかったって、本当？」

「ああ、本当だ。あいつが村を出た理由を知っているか？　セインガルドの兵士になりたかったからだ。騎士ではなく、兵士だぞ？　英雄になりたいとか、有名になりたいとか、そんなことこれっぽっちも思っちゃいなかった。人がいいからすぐに騙《だま》される。頭から冷水をぶっかけられても平気で寝ている。……グレバムの手に落ちたハイデルベルグ城の地下通路で、高いびきで寝てられる神経を『心が強い』というのなら、そうかもしれないな」

「へえ……よく知ってるね、ジューダス。それに、すごく楽しそうに話すんだなあ。オレ、ジューダスがそんな風に話すの初めて見たよ――って、まだ一緒に旅を始めて、一日しか経《た》ってないけどさ」

「楽しそう？……くだらん。おまえの勘違いだ」

ジューダスは、憮然《ぶぜん》としたようにカイルに背を向けてしまうと、毛布を引き上げて体に巻きつけた。

「にしても、ジューダスさんよ」

突然、目を閉じたままのロニが、身を乗り出すようにしていたカイルの下で、そう言った。

「どこでそんな話を仕入れたんだい？　ずいぶんとスタンさんのこと、詳《くわ》しいじゃねえか。一緒に暮らしていた俺たちだって、詳しくは知らない話だぜ？」

「だからなんだ？」

背を向けたまま、ジューダスは訊いた。

「別に。ちょっと訊いてみたかっただけさ」

「簡単なことだ。英雄には列せられなかったが、彼らと共に旅をした連中を、僕は知っている——それだけのことだ」

「その人たちに話を聞いた、ってわけかい」

「そうだ」

「なるほどね。ま、そういうことにしておいてやるよ」

ロニがそう言うと、ジューダスが小さく舌《した》を打つのが聞こえた。

二人の間には険悪な空気が漂《ただよ》ったが、カイルは、ロニがどうして、なんとなく突っかかるようなことを言うのかわからなかった。

ソーディアン・マスターであった四英雄の他に、彼らの旅を支えた仲間がいたことは、広く知られていることだ。

ノイシュタットの闘技場の連続不敗記録を誇る、拳士《けんし》、マイティ・コングマン。

英雄王、ウッドロウの弓の師のアルバ・トーンの孫娘、天才弓手《きゅうしゅ》、チェルシー・トーン。

母、ルーティの親友にして、天下無双《むそう》の女剣士、マリー・エージェント。

東国、アクアヴェイルの皇族にして吟遊詩人の、ジョニー・シデン。

彼らはソーディアンこそ持たなかったが、四人の中の何人かは、最後までスタンたちに同行し、天上王ミクトランと死闘を繰り広げたという話もある。このうち、二人はその所在《しょざい》がいまもはっきりとしている。

コングマンは現役を退《しりぞ》きはしたが、いまもノイシュタットにいて、望むものに格闘技を教えているという。また、マリーはハイデルベルグの城下で宿屋をやっていて、今もルーティとはしょっちゅう手紙のやりとりなどをしていた。

この二人――特に、ジューダスがマリーに会ったことがあるのなら、そうした話を聞くことも可能だろう。彼女はルーティとともに、スタンの一番初めの仲間だったのだから。

実際、カイルもハイデルベルグに着いたら、彼女を訪ねるつもりでいた。聖司祭《しさい》と呼ばれるフィリアや、英雄王と讃《たた》えられるウッドロウに比べれば、母の親友ということもあって、ずっと親しみを抱ける。

ロニが何を考えているのかはわからなかったが、今夜はもう話をする雰囲気《ふんいき》ではない、ということぐらいは察《さっ》せられた。

「おやすみ、ロニ、ジューダス」

返事がないことを承知《しょうち》で言って、カイルは枕もとのランプを消した。


それから一週間ほどは、何事もなく過ぎた。

ロニはナンパに失敗しまくっていて、未《いま》だに『ただ一度の逢瀬』とやらを経験できないでいる様子だった。夕食時になると、いつもいつも暗い顔をして戻ってきて、何故《なぜ》だ！　と叫んでテーブルに突っ伏すことが多い。

反対にジューダスは、一人でいることを望みつつ、船室から出て外を歩くと、必ず誰かしらから、声をかけられていた。

それが皆、若い女性なのだから、ロニのジューダスに対する態度は、嫉妬《しっと》もあってか、少しも改善されていない。

この頃では、ジューダスは部屋に閉じこもりがちで、代わりにカイルが外に出て、彼を一人にしてあげることが多かった。

その分、カイルは、リアラとは、少しは打ち解けられたように思っていた。

彼女の部屋で話をすることもあったし、一緒に甲板に出て、海を眺《なが》めることもあった。出入りが禁止されている船底の倉庫に二人で忍び込んで、保存されているリンゴを、こっそりと食べたりもした。

ロニにも、

「おまえら、いつの間にそんなに仲良くなったんだよ」

とからかわれ、否定したものか自慢したものか、悩んだこともあったくらいだった。

けれど、リアラは自分のことは決して話そうとはしなかった。

訊きたい気持ちはもちろんあったけれど、カイルも訊かなかった。

それを口にしてしまったら、せっかく仲良くなれて、やっと微笑んでくれるようになったリアラが、初めて会ったときのような冷たい表情に戻ってしまうのではないかと思え、それが怖かったのだ。

話すことはもっぱら、船のこと、海のこと、アイグレッテの街のことなどで、英雄についての話も一切しなかった。ハイデルベルグ王国の話が出ても、それは、彼の地《か》がどのくらい寒いのか、というもので、ウッドロウのことについては意識して話題にせずに来た。

だが、スノーフリアに到着するまで、あと二日。口にはしなくても、お互いにウッドロウのことが、気にかかっているのはわかっていた。

このところ、リアラの口数は減っている。

彼こそが、リアラの探す英雄なのか――四人の中で、もっとも英雄らしい英雄といえば、カイルの心情はともかく、ウッドロウこそ、そうであると世間が認めるところだ。

もちろん今も、自分こそが、彼女の英雄であると信じて――そう信じるようにして――いるが、リアラの心情を思えば、一刻も早く見つかって欲しいという気持ちも、さらに強く抱くようになっていた。

だが、二つの願いは、同時には成り立たない。

その相反する感情に挟《はさ》まれて、カイルの胸は焦燥感《しょうそうかん》に蝕《むしば》まれ、気がつけば、そのことばかりを考えてしまっている自分に気がつくのだった。

今日も、朝食の席では何とか笑顔を保つことができたが、部屋に戻ってきてからは、何も考えないようにベッドに突っ伏してしまったカイルである。

ロニはいつもの如《ごと》く出かけていき、ジューダスも今日は、無言で部屋を譲《ゆず》ってくれた。

しかし、ひとりになると、余計にグルグルと考えてしまった。枕を抱えてベッドの上を転がり、背中から落ちても、そのまま天井をじっと見つめていた。

（少し……頭を冷やしてこよう……）

ため息を吐いて、カイルはむっくりと体を起こすと、枕をベッドに放り投げて外へと出た。

いい空気を吸うには、絶好の場所がある。リアラの部屋の扉は叩かなかった。階段を上がり、後部の操舵《そうだ》室を抜ければ、展望台へと出られる。そこで、冷たい空気を吸おうと思った。

二日ほど前から、気候はずいぶんと変わって、寒くなっている。昨日は、風に雪が混じっていた。今日は天気が回復して、朝から晴れているが、それでも少し肌《はだ》寒い。

操舵室にいた船長に挨拶《あいさつ》をして、後ろの扉から外に出た。

途端に風が吹き寄せてきて、カイルは思わず身震いして飛び跳《は》ねた。やはりコートを持ってきたほうがよかったかもしれない。と——

「あははっ！　カイル、なあに？　その踊り」

そんな声が頭の上に降ってきて、振り返ると展望台からリアラが甲板を見下ろしていた。今日の彼女は、いつもの服の上に、船の中で行商人から買った、可愛《かわい》らしいコートを羽織《はお》っている。髪飾りと、ペンダントと、瞳《ひとみ》が、海からの光の反射を受けて輝いていた。

「リ、リアラ!?　部屋にいたんじゃなかったの？」

「あら、わたしがここにいたら、何かいけなかった？」

風に弄《なぶ》られる髪を押さえるようにして、リアラは目を細めて微笑んだ。なんだかとてもやさしい瞳で、カイルの鼓動《こどう》はどうしようもなく速くなった。

「そ、そんなことないけど……」

声も、なんだかはっきりしなくなってしまう。

「あ！　もしかして、ロニさんみたいに、ナンパしようと思って来たとか？」

「ち、違うよ！」

とんでもない誤解だ。

だが、そんなことはわかっている、と言うように、リアラは笑った。

「わかってるわ。カイルって、そういうタイプじゃないもんね。——ねえ、上がってくれば？　風がとっても気持ちいいよ？　ほら！」

リアラは、ふわりと飛び上がると、手摺《てすり》の上に爪先《つまさき》立ちになって、くるりと回った。

「危ないよ、リアラ！　落ちたら怪我《けが》するよ！」

「平気平気。もし落っこちても、カイルが助けてくれるもの」

手摺の軸棒から軸棒へと、舞うように飛び移りながら、リアラは言った。

「だってカイルは、わたしの未来の大英雄なんでしょ？」

甘い笑い声が、風に流れる。

からかわれている、とわかりつつも、怒る気にはならなかった。

「……もう！　待っててよ！　すぐに行くから！」

カイルは、急いで展望台に取りつけられた梯子《はしご》に足をかけた。ほとんど一息で登る。展望台に上がると、リアラは手摺から降りてにっこりと微笑み、マストの台座に腰を下ろした。

「おいでよ、カイル？」

「う、うん……」

カイルは、ぎくしゃくと、リアラの傍《そば》に向かった。わざとでなく、右手と右足を一緒に出してしまい、出来の悪いからくり人形のようだった。それを見てリアラは吹きだし、おなかを抱えて笑った。

「あははっ！　やだもう、何、カイル？　さっきから、わたしのこと笑わせてばっかりで！」

「そ、そんなつもりないんだけどな……」

カイルは、リアラから少し離れて腰を下ろすと、頭を掻いた。

「で、でも、ホッとしたよ。この頃、ちょっと塞《ふさ》ぎこんでたみたいだったからさ。けど、リアラも、そんな風に思いっきり笑うんだね」

「？　あたりまえじゃない。へんなカイル」

リアラは小首を微《かす》かに傾《かし》げるようにして、やわらかく微笑んだ。

その表情に、ほとんど息がつまりそうになりながら、カイルは目をきょろきょろさせた。

「だ、だってさ、最初に会ったときなんか、俺が何を言っても表情一つ変えなかったし、正直、ずいぶん無愛想な子だなあ、って、思っ――」

ふっ、と太陽が翳《かげ》るように、リアラの表情が曇《くも》って、カイルは、全身から血の気が引く思いがした。

(しまった！)

そうは思っても、一旦《いったん》、口にしてしまった言葉は戻ることはない。

リアラはカイルから視線を外すと、こつん、と頭を台座につけるようにして空を仰《あお》いだ。

「……あの時は、英雄を探さなきゃ、ってことで、頭がいっぱいだったから」

「あ、うん……」

カイルは、思わずうつむいてしまい、顔が上げられなかった。

「そういえば、そうだったよね……」

リアラは答えず、沈黙が二人の間に下りてきて、時間の進みを遅くした。風は寒いくらいだというのに、じわり、と汗《あせ》が背中に滲《にじ》むのがわかった。

これは、まったく未知の感覚だった。

逃げ出したくなったが、それは絶対にしてはいけないという気がした。何か話さなきゃ、とは思うのだが、どうしてか何も浮かんではこない。胃《い》に穴が開きそうだ。怪物に挟《はさ》み打ちにされた時の方が、ずっとマシだった。

「ねえ、カイル?」

羽でくすぐるような声で呼ばれ、カイルはぴんと背筋を伸ばした。

「カイルはどうして、英雄になりたいの? お金のため? それとも名声?」

「うーん……」

沈黙が破られたことにホッとして、カイルはそれから、リアラの問いについて考えた。

「……やっぱり、父さんみたいになりたいから、かな」

カイルはやっと顔を上げて、青くて高い空を見上げるようにした。

「父さんは、オレが小さい頃に冒険に出かけちゃって、それっきり戻ってきてないから、よくは憶《おぼ》えてないんだけどさ。でも、どんな人だったかは、母さんやロニが教えてくれた。ロニにとって、父さんは絶対の英雄なんだ」

「………」

「だからオレも、そんな人間になりたいんだ。誰かの人生の目標になるような、そんな、本当の英雄に」

「本当の、英雄……」

一言、一言、嚙《か》みしめるように呟いたリアラを、カイルは振り向いた。

「リアラは？　リアラは、英雄を探して、その力を手に入れて、それで何をするの？」

「わたしは……」

リアラは栗色《くりいろ》の瞳を伏せ、答えを口ごもったが、直後、不意に立ち上がると、

「カイル、見て？　あれ、ロニとジューダスじゃない？」

と言って、指を差した。

その先を追うと、船首に確かに二人の姿があった——というか、正確には、女性と話をしているロニと、第一マストの台座の向こうではためく、漆黒《しっこく》のマントが見えていただけなのだが。

「行ってみましょう？」

言って、リアラは先に立って展望台を下りてしまい、カイルは慌ててそのあとを追った。

「最低ですわね」

ぴし、と頬《ほお》が鳴って、ロニはわざとらしく両手を広げたその格好のまま、固まった。そんな彼を残して、日傘《ひがさ》を差した人妻は、船内へと戻っていく。扉が閉まり、それが合図であったかのように、ロニはがっくりと肩を落とした。

「……二十六連敗」

そんな彼を、ヒソヒソと何かを言い交わしながら、女性たちが遠巻きに見ていた。顔には軽《けい》蔑《べつ》の色が、はっきりと見て取れる。彼女たちもロニに声をかけられた女性たちだ。というよりも、これで船の乗客の女性のあらかたには声をかけてしまったロニだった。

（つかしいなあ……なんで誰も誘いに乗らねえんだ？）

ロニは腕を組んで、首を捻《ひね》った。声のかけ方が露骨《ろこつ》過ぎるのだろうか？　これでも、アイグレッテで知り合った、その道の達人という人物に教えを受けた通りにやっているのだが、勝率は零《ゼロ》だった。

（ま、こういう日もあるさ）

こんな時は、船内の食堂に併設されている酒場で、ラム酒をぐいとやるのがいい。張られた頬をさすると、ロニは歩き出そうとして、しかし、足を止めた。

（……なんだ？）

声が聞こえたのだ。背中にしていた、前部甲板の第一マストの台座の、向こう側からだ。

「……シャル、まずいぞ、こんなところで」

(ジューダス、か？)

さっき女性を口説《くど》いていた彼とは、まったく別人の顔で、ロニは耳を澄《す》ませた。

「わかったわかった。少しだけだぞ。……ああ、そうだな。本当によく似ている。あの寝起きの悪さは、間違いなくあいつの遺伝だろう」

(誰と話してる……？)

だが、聞こえるのはジューダスの声だけで、相手の声はまったく聞こえなかった。

「そうだな……まったく、運命というやつは皮肉なものだ。スタン……そして、カイルか……僕はこの旅で、あいつを――」

その時、もっとよく聞こうと身を乗り出したロニの靴の爪先が、台座にぶつかり、乾いた音を立ててしまった。

ぴたり、と声は止《や》んだ。

(っちゃー……)

す、と黒い影と、影そのもののような少年が、マストの向こうから現れたのがわかった。なぜか、並々ならぬ敵意をはらんでいる。ロニは息を吐くと、自分も台座の陰《かげ》から出て、口元だけで笑いながら、よお、と手を上げた。

「おまえか」

「カイルがどうとか聞こえたが、誰と話してたんだい？」

ポケットに無造作《むぞうさ》に手を突っ込んで、ロニは辺《あた》りを見回した。だが、台座の向こう側はもちろん、ジューダスの傍には自分以外、誰もいなかった。

「なんでもない。独《ひと》り言《ごと》だ」

「にしちゃあ、ずいぶんしっかり会話になってたぜ？」

「なんでもないと言っている！」

いまにも剣を抜きかねない剣幕だった。殺気、といってもいい。並みの人間であれば、恐怖して口をつぐんだかもしれない。だが、ロニはこれでも元・神団騎士だ。カイルには自信がないようなことを言っても、この程度の敵意で怯《ひる》むような、やわな鍛《きた》え方はしていなかった。

銀色の瞳を細め、ロニはポケットから手を出すと、だらりと下げた。無防備に見えて、しかし、どのような攻撃にも対処できる体術の構えだ。ハルバードは部屋にある。それでも、ジューダスと互角に戦う自信はあった。

「……おまえ、何者だ？」

静かな、しかし、しっかりと通る声でロニが訊くと、ジューダスは仮面の奥で、紫色の瞳を眇《すが》めるようにした。

「言ったはずだ――名前など、意味はない、と」

「そうじゃねえよ。おまえは、スタンさんたちのことを、まるで自分が見てきたかのように話すよな？　あの人を、あいつ、だなんて呼ぶのは、俺の知る限りルーティさんだけだ。それに、リアラのこともある。おまえ、あの子を知ってたな？」

「何のことだ？」

「大聖堂でのことだよ。おまえは、俺たちも知らなかったあの子の名前を、はっきりと呼んだんだぜ？　その上、《力》を使え、と来たもんだ。だが、どうやらあの子の方は、おまえのことを知らなかったみたいだからな。——興味を持って当然だろ？」

「答えるつもりはない」

言って、ジューダスはロニの脇《わき》をすり抜けようとした。だが許さず、ロニはその行く手を、遮《さえぎ》るように動いた。

「待てよ。カイルが、おまえのことを信じているようだから、おまえが言いたくないっていうなら、俺も詳しくは訊かねえ。だがな……もし、カイルに何かしてみろ？　その時は——」

すると、仮面の奥で、ジューダスは不意に笑みを浮かべた。それは明らかに嘲笑《ちょうしょう》だった。

「ただじゃおかない、か？……フッ、熱心なことだな。それで？　いつまで、そうして保護者面《づら》しているつもりだ？」

見えない拳《こぶし》で殴りつけられたかのように、ロニはずんと胸に衝撃を感じた。

「おまえはそれで満足だろうが、そうやって甘やかしている限り、あいつは成長しない。わかっているのか？　おまえが、あいつの夢を妨害しているんだぞ」

ロニの頭は、怒りのあまりに、一瞬にして真っ白になった。

「てめえ!!」

自分でも訳がわからぬうちに、ロニはジューダスの胸倉《むなぐら》を掴むと、その細い体をマストの台座に叩きつけるようにしていた。

「てめえに何がわかる！　俺はな、俺は、てめえなんかよりも、ずっとカイルのことを――」

「おまえは、カイルを口実にして痛みから逃げているだけだ」

「知った風な口をきくんじゃねえ!!」

ロニは拳を白くなるほど握りしめ、それを振り上げた。

背中で、誰かの悲鳴が上がった。


「ロニ！　ジューダス！　何やってるんだよ！」

カイルは、殴られるのを覚悟で飛び込むようにすると、無理矢理、二人を分けた。リアラは不安げな表情で、野次馬と共にその様子を見ている。

「落ちついてよ二人とも！　喧嘩《けんか》はよくないって！　いったい何が原因なのさ!?」

「僕の正体が知りたいそうだ」

ジューダスは、皺《しわ》になった胸元を、叩いて伸ばすようにして言った。

「僕が、スタン・エルロンのことに詳しすぎるから。リアラのことを知っていたから。だから、怪しい、という訳だ」

「だからそれは、話したくないなら、それでいいって言っただろうが！」

吠《ほ》えるようにロニが言ったが、ジューダスの瞳は冷たかった。

「どうだかな。それに、僕の正体を知りたいと思っているのは、おまえだけではないようだ」

仮面の奥から、ジューダスはリアラを見た。

「リアラが？」

カイルが驚いたように振り向くと、彼女は躊躇《ためら》い、それから小さく頷いた。

「ずっと不思議に思っていたの。どうして、わたしのことを知っていたのか。わたしは、あなたに会ったことがないのに」

するとジューダスは、皮肉めいた笑みを薄い唇《くちびる》に浮かべた。

「その答えが知りたければ、先に、自分が何者かを言ってみろ。そうしたら、僕も答える」

「それは……その……」

リアラは躊躇い、そして口ごもった。

「自分は言えない、だが、僕のことは知りたい、か——勝手な言い分だ」

「ジューダス！　言いすぎだよ！」

だが彼は、暗い憤《いきどお》りを湛《たた》えた瞳で、カイルを睨むように見た。

「……僕がどこの誰で、おまえたちを追っていた目的を、話さなくてはダメだと言うのなら、

僕は、スノーフリアに着いたら消える。あとは好きにしろ」

ジューダスはマントを翻《ひるがえ》すと、リアラの脇を通り過ぎて、人々の間にまぎれた。

「あ！　待ってよ、ジューダス！——ロニ、リアラを頼むね！」

カイルはそう言うと、人々の輪の中に飛び込んだ。押しのけるようにしてあとを追う。ジューダスは、体に油でも塗っているかのように、するすると人込みを抜けてしまい、あっという間に見失ってしまった。

とはいえ、海にでも飛び込まない限り、行ける場所は限られている。しらみつぶしにするつもりで、カイルは走った。部屋を覗き、地下倉へ降り、リンゴ箱の中も見た。そして、ようやく彼を見つけたのは、自分たちの部屋の外側にあるバルコニーだった。

その端に立って、ジューダスは海を見ていた。

「さ、探したよ、ジューダス。足、速いよねえ……びっくりだよ」

「………」

彼は黙ったまま、カイルのほうを見ようともしなかった。

カイルは少し離れた場所で立ち止まると、しばらく考え、そして意を決して口を開いた。

「あのさ、ジューダス……ロニも、悪気があったわけじゃないと思うんだ。リアラだってそうだよ。二人とも、もっとジューダスと仲良くなりたいから、だから、もっと詳しく知りたいと思ったんだよ」

「……おまえはどうなんだ？」

海の方を向いたまま、ジューダスはカイルを横目で見た。

「おまえは、僕のことを知りたいとは思わないのか？」

「うーん……」

カイルはつんつん頭の後ろを掻くようにした。

「そりゃあ、知りたくないって言ったら嘘になるけど……でもオレ、信じてるから」

「信じている？」

そうさ、と言うようにカイルは、ぐっと拳を握った。

「うん！　オレ、ジューダスのことを信じてるんだ！　だって、二回も助けてくれたし、リアラを励《はげ》まして、フィリアさんのことも助けてくれたじゃないか！　それで十分だよ！　ジューダス自身のことは、ジューダスが話したくなったら、話してくれればいいし。だからさ、一緒に行こう！　スノーフリアでお別れだなんて言わないでよ」

ジューダスは静かに息を吐くと、長い睫《まつげ》毛の瞳を閉じた。

「……なぜだ？　どうして、そんな無邪気に、僕を信じられる？　おまえたちを助けたのだって、フィリアを助けたのだって、何か企《たくら》みがあってのこと、とは考えないのか？」

「だってオレ、ジューダスのこと好きだもん」

さらりと言うと、ジューダスは珍しく、意表を衝《つ》かれたような顔をした。

「す、好き……!?」

「うん！　好きだから、一緒にいたいと思うし、信じられる。それだけさ。知らないから信用できない、っていうなら、誰だって最初は知らない者どうしなんだから、誰のことも信じられなくなっちゃうよ。それに、ジューダスだってオレたちのこと、よく知らないでしょ？　でも、仲間になってくれた。それは、オレたちのことを信用してくれたからだよね？」

「おまえ……」

「ロニもさ、本当はジューダスのこと、信じてるんだと思うんだ。でも、ああ見えて慎重派だから、それで、ジューダスの気に障《さわ》るようなこと、言っちゃったんだと思う」

「あいつが僕を信じている？　それこそ、信じられないな」

「信じてあげてよ！　仲間になるのを認めたってことは、背中を預けることにしたってことなんだから。信じられない相手に、そんなことできないよ。ジューダスだってそうだろ？　ボクらに背中を預けてもいい、って思ったから、仲間になってくれたんだよね？」

「……背中から刺すのが目的かもしれないぞ」

「！　そ、それは考えなかった……」

本気で驚くと、ジューダスは、ふっと唇をほころばせた。それを見て、カイルはようやく、ホッとできた。

「とにかく、さ。オレはジューダスのことを信じるよ。それに、ジューダスを信じた自分も。

それが──」

「それが、英雄への道、か？」

まさに、言おうとしていたことを先に言われて、カイルは笑顔になった。

「うん。だから、もう一度考えてみてよ。オレもロニたちによく話すからさ！　じゃ、またあとで、部屋でね！」

カイルは手を上げると、踵《きびす》を返してバルコニーをあとにした。後ろから、じっとジューダスが見ているのがわかった。

（きっと、大丈夫だ）

カイルは、何故《なぜ》かそう、確信できた。


カイル、ロニ、リアラは、彼らの部屋に集まっていた。

二人に、カイルは、自分のジューダスに対する思いを伝え、ロニが話してくれた、スタンの心の強さについての話をした。そして、もし、もう一度ジューダスが一緒に旅をしてもいい、と言ってくれたら、その時は、できたら快《こころよ》く受け入れて欲しい、と頼んだのだった。

ロニとリアラは、黙ったままそれを聞いていて、二人とも小さく頷いた。

そのまま長い時間が過ぎて、あと少しで夕食、といった頃になって、扉のノブが回った。

それを開けて入ってきたのは、ジューダスだった。

仮面の奥の表情は、読みにくい。

ジューダスは、三人の間を抜けて自分のベッドに行くと、床に置いてあった荷物を取り、中身を調べ始めた。

「ジューダス……」

やっぱりダメなのか、と思い、カイルはがっくりした。と――

「おまえたち、何をしている。予定が早まって、明け方にはスノーフリアに着くそうだ。ちゃんと準備をしておけ。特にカイル。寝坊したら、置いていくぞ」

「えっ!? じゃあ――」

では、一緒に来てくれる気になったのだ! カイルは肘でロニを突き、リアラに頷きかけた。二人は顔を見合わせると、まずはリアラが立った。

「あの……」

リアラは、胸の前で手を組むようにして、ジューダスに話しかけた。

「ごめんなさい……わたし、まだ、色々言えないことがあるけど、わたしも、あなたを信じます。カイルが信じるあなたを」

「秘密があるのは、僕も同じだ。気にすることはない」

微笑みかけることすらなかったが、ジューダスの瞳は穏やかだった。

「うん、ありがとう」

リアラは微笑んで頷いた。次は、ロニの番だった。もう一度肘でつつくと、わかってるよ、と言うように、ロニはそれを払った。

「あ、あのよ、ジューダス……」

ロニは、言い辛《づら》そうに眉を顰《ひそ》め、頭を掻いた。

「その……さ、さっきはわるかったな。ちょっと言い過ぎた。わりいな」

すると、ジューダスは手を止めてロニを振り返った。

「いや、僕も大人気なかった」

ジューダスの素直な謝罪！　カイルはもちろん、ロニやリアラも、これには驚いて目を瞠《みは》った。では、やっと心を開いてくれたのだ！　やはり、信じれば答えてくれるのだ！　スタンの言葉の正しさに、カイルは感動すら覚えた。が――

「おまえのように、精神的成長が未発達で子供な人間と、同じレベルで言い争いをするなど、精神的に成熟した大人の僕のするべきことではなかった。そう反省している」

三人は、きょとんとしたが、次第に何を言われたかがわかって、ロニの顔が赤くなった。

「な、な、なんだよ、そりゃあ！　つまり、俺がガキだって言いてえのか、コラ！」

「そう言ったつもりだが、わからなかったか？　ふむ……少々言い回しが難しかったか。これからは、幼児でもわかるように、砕いて言うことを心がけよう」

「こ、こ、こ、こ……この野郎は……口のへらねえ……」

何を言い返しても、ロニでは勝てないと理解したのか、ロニは、ただただ拳を震わせた。

その様子に、カイルは思わず、ぷっと吹き出してしまい、リアラもくすくすと笑った。

「わ、笑うんじゃねえよ！　くっそー、やっぱりこいつは気にくわねえ……」

「お互い様だ」

ジューダスは間髪を入れずに答え、ロニをますます唸《うな》らせた。それでも二人とも、互いに指を差して、こんな奴と旅はできない、とは言い出さなかった。

するとと突然、リアラは何かを見つけて窓に駆け寄り、わあ、と声を上げた。

「みんな、見て！　また、雪よ！」

窓を開けると、いつの間にか天は曇って、灰色の綿を敷き詰めたような空から、綿毛のような雪が、幾《いく》つも斜めに落ちてきていた。

カイルは手を伸ばして、雪の一片を手に取った。それは儚《はかな》く消えて、ただ、清らかな水だけが残った。

6　英雄王

「ハ、ハ、ハックシュ！……うぅっ寒っ、雪が積もってるよ！　すげえなあ。こんな景色、初めて見たよ」

　革袋《かわ》を肩に担《かつ》いだカイルは、腕をさすりながら辺《あた》りを見回した。

　ここはスノーフリアの港、その桟橋《さんばし》である。

　船はジューダスの言葉通り、夜明けとともに入港し、投錨《とうびょう》した。

　カイルはもちろん……きちんと起きるわけもなく、寝坊した。ジューダスがベッドから蹴《け》り落とそうが、リアラが外から取ってきた雪を顔にのせようが、当然のごとく眠りこけていた。

　そこでロニが、厨房《ちゅうぼう》から鉄鍋《てつなべ》と御玉を借りてきて、ルーティがいつもやっていたように、

「……秘技！　死者の目覚めッ!!」

　と御玉で鉄鍋をガンガンと打ち鳴らすと、ようやく目を覚ましたのだった。そうして、寝ぼけ眼《まなこ》でいつもよりはずっと早い朝食を済ませ、他《ほか》の客に混じって簡単な審査を済ませて船を降りてみれば、外は一面、雪の世界だった。

カイルの言葉に、長袖《ながそで》の革の上着を着込んだロニが、同感だ、というように頷《うなず》いた。

「クレスタじゃ、雪なんかめったに降らねえもんな。アイグレッテじゃ、冬になれば結構降るけどよ、こんな風に積もることはないぜ」

息は白く、頬《ほお》は少し赤くなっている。その隣でリアラが、足元まである長いコートに体を包んで、それでも少し寒そうに膝《ひざ》を擦《す》り合わせていた。

「あんなに屋根に積もって……重みで潰《つぶ》れたりしないのかしら」

すると、傍《そば》を通りかかった、この街の住人らしい男が笑った。

「あんたたち、旅行者だね？　この国じゃ一年中雪が降ってるからね、家の作りもちゃんと耐えられるようにできているのさ。屋根を見てごらん？　あんたたちが、どこのお国の人かは知らないけど、きっと、ずいぶん傾斜がきついと思ったんじゃないかね？」

「うん！」

カイルは元気よく返事をした。彼はこの雪の中にあっても、薄着のままである。

「何であんなに斜めなの？」

「屋根が潰れる前に雪自身の重みで滑り落ちるようになっているんだよ。まあ、湿っぽい雪が降ったときは、自分たちの手で降ろさなくてはならんがね。ファンダリアは初めてかね？　ここは寒いがいい国だよ。ゆっくり楽しんでいってくれよ」

男は快活に笑うと、船から降ろしたと思われる、大きな木箱を軽々と担いで去って行った。

その背中を見送りながら、カイルは意外そうに、へえ、と呟《つぶや》いた。

「元気なおじさんだなあ。オレ、ファンダリアってほとんど毎日雪が降ってて、めったに晴れることがないって聞いてたから、人も雰囲気《ふんいき》も、もっと暗いんだって思ってたよ」

ハルバードの刃《やいば》に積もった雪を払って、ロニも頷いた。

「雪になんか負けねえ、って気概《きがい》に溢《あふ》れてる感じだよな。この街だけを見ても、英雄王の統治が行き届いてるのがわかるぜ」

「うん。――あれ？　ところでジューダスは？」

気がつけば、あの漆黒《しっこく》の仮面の少年の姿がどこにもなかった。三人は辺りを見回したが、雪の中では思い切り目立ちそうなのに、姿を見つけられなかった。

「ま、まさか本当に、ひとりでいなくなったんじゃ……」

カイルがうろたえると、ロニは意地悪そうに、へ、と笑った。

「ほらみろ。やっぱり、こういう奴《やつ》なんだよ。人のことガキ扱いしやがって、黙って消えるなんざ、自分の方がよっぽどガキじゃねえか」

「そんなことないよ！　きっと、温かいものが飲みたくなって、先に食堂に行ったんだよ。それできっと、オレたちの席を取っておいてくれてるんだ」

「んな、気の利くやつかよ、あいつが。人のことガキ扱いするような奴だぞ！」

「ロニ、意外と根にもつね……」

「んなことねえよ！　俺はさっぱりした男だ。ちっとも気にしてなんざいねえぜ！　は、は、は、は、は」

　そう言った笑いは、思い切り乾いていた。

「とにかく食堂に行ってみようよ。ここに立ってても、風邪、ひいちゃいそうだし」

　それを聞くと、リアラもこっくりと頷いた。と、そこへ、

「僕は、食堂になど行っていないぞ」

　漆黒のマントを翻《ひるがえ》し、建物の陰《かげ》からジューダスが姿を現した。

「ジューダス！」

　カイルはパッと顔を輝かして駆け寄り、握った拳《こぶし》で、軽く彼の胸を叩《たた》くようにした。

「どこ行ってたのさ！　心配したじゃないか」

「僕が信用できなかったのか？」

「えっ――いや、その、そういうわけじゃ……」

　うろたえたカイルを見て、ジューダスは仮面の奥でふっと唇《くちびる》をほころばせた。

「冗談だ」

　ロニがハルバードで自分の肩を叩くようにして、

「おまえなあ……」

　と、呆《あき》れたように言った。その声にはまだ、どっちがガキだよ、と言いたげな響きがあっ

た。

「でも、本当にどこに行ってたのさ、ジューダス」

「ハイデルベルグへ向かう商隊と話をつけてきた。護衛《ごえい》を引き受けるなら、馬ゾリに乗せてくれるそうだ。護衛料もきちんと出る。一日一人、八百ガルド。食事つきだ」

「おいおい、んなこと勝手に決めてくるなよ」

ロニが言うと、ジューダスはどこか挑戦的に腕を組んだ。

「ハイデルベルグまで、徒歩で行けば五日はかかる。野宿にはそれなりの準備が必要だ。荷物も増えるし、おまえたちは雪に慣れていない。だが、馬ゾリで行けば、食事と寝床が確保できる上に、二日で到着できる。さらに金も払ってもらえるというのに、何が不満だ？」

「護衛だぞ、護衛！　危ねえじゃねえか！」

するとジューダスは、どうしようもない、という風に首を振った。

「バカか、貴様は。徒歩だろうと、ソリだろうと、怪物どもは襲ってくるだろう」

「う……」

「それに路銀《ろぎん》は稼《かせ》げる時に稼がなければ、減る一方だ。オベロン社はもうない。昔のように怪物から取り出したレンズを、町々で換金できるわけじゃない。特にこのファンダリアではな」

「どういうこと？」

カイルは首を傾《かし》げた。

ろ?」
「ルーティさんから、あの人が昔、レンズハンターって仕事をやってたこと、聞いてるだろ?」

ロニに言われ、カイルは頷いた。

「昔は、怪物の体の中から取り出したレンズを、オベロン社が、全部買い取ってくれたんだよ。だが、会社がなくなって、レンズハンターという職業もなくなった。それでもセインガルドじゃ、奇跡を求める信者に闇《やみ》で売ることができるが、ファンダリアじゃ国が回収しているし、見返りもない。税関のチェックが厳《きび》しいから、国外に持ち出すこともできない。つまりこの国じゃ、何の価値もないのさ」

「そういうことだ。さて、それがわかった上で、誰か、反対な者はいるか?」

カイルもリアラも首を振った。そして、ロニも。

「なら、行くぞ。三十分後には出発する手筈《てはず》になっている」

雪の中で踵《きびす》を返したジューダスの背中で、ロニが、

「んだよ。いつからあいつが旅のリーダーになったんだよ」

と、子供のようなことを言って唇を尖《とが》らせるのを見て、カイルとリアラは顔を見合わせ、くすくすと笑った。

——この二人、案外いいコンビなのかもしれない、と。

「いやあ、本当、助かったよ。あんたたち、強いねえ。あ、これ、約束の報酬《ほうしゅう》。ちょっと色をつけておいたから。またそのうち、機会があったら頼むよ」

そう言って、商隊の主《あるじ》は全員分の賃金、七千ガルド分の紙幣《しへい》を輪ゴムでまとめた物を、ジューダスに渡し、にこにこ顔で自分のソリの方へと戻っていった。

商隊護衛の仕事は、大した苦労はなかった。

道中、五回ほど怪物の襲撃を受けたが、相手は大きさが子供ほどもある巨大な昆虫類のザグナル、それと、これも巨大な狼《おおかみ》のゲイズハウンドで、難なく撃退することができた。むしろ手強《てごわ》かったのは寒さだった。油断をすると、すぐに体が強張《こわば》るのだ。なので、さすがのカイルも防寒具をつけた。やせ我慢をして、ゲイズハウンドに噛《か》みつかれたのでは話にならない。

それ以外は問題もなく、一行は、スノーフリアに到着した翌々日に、こうしてハイデルベルグの街に、無事に到着することができたのだった。

「カイル」

ジューダスは、紙幣を彼に投げてよこした。

「おまえが管理しろ。この旅のリーダーは、おまえなんだからな。……お菓子とか買いすぎて無駄遣《づか》いをするなよ？」

「うん！」

カイルは、紙幣を握り締めて、元気よく頷いた。毒気を抜かれたような顔をしたジューダス

に、ロニがここぞとばかりに、

「そんな回りくどい厭味《いやみ》が、カイルに通用するかよ。まだまだわかってねえよなあ、おまえ」

と突っ込んで、仮面の奥の顔をほんの少しだが、むっとさせることに成功した。

カイルはそんな二人の様子に、特にもう危機感を抱くことはなかった。幌《ほろ》のついた大きな馬ゾリの中でも、始終この調子だったからだ。

「さあ、行こうよ！」

カイルは紙幣を革袋の中にしっかりとしまうと、それを肩に担いで元気よく歩き出した。

ファンダリア王国の首都、ハイデルベルグの街は、周囲を堅固《けんご》な石壁に覆《おお》われていている。

これは他国の侵略に備えてのことではなく、怪物たちの侵入を防ぐためだ。こうした壁は基本的にはどこの集落にもある。例《たと》えばクレスタの町にもだ。ただしハイデルベルグのそれは、比べ物にならないほど、堅固そうではあるが。

大外門は三方にあって、いまカイルたちがいるのは、南門の前だった。まだ夕方前なので、門扉《もんぴ》は開いている。番小屋はあるが、税の徴収《ちょうしゅう》や、身元の照会などは、行われていないようだ。

カイルたちは、他の商人や旅行者に混じって、大外門を通過した。大っぴらに武器を持ったロニやカイルはもちろん、仮面で顔を隠しているジューダスでさえ、呼び止められることはなかった。おおらか、といえばそうなのだが、少し無用心のような気もする。

だが、そんな考えも、街を一望した途端、カイルの頭の中から吹き飛んでしまった。

「うわあ……でっけえ……」

ハイデルベルグは、緩《ゆる》やかな丘を造成して造られた町なのか、坂が多く、街のもっとも外側からも、丘の上に立つ立派な城がよく見えた。雪を防ぐためか、尖塔《せんとう》はいずれも屋根が鋭く尖《とが》り、それらが左右対称に並び立って、石造りの無骨な城でありながら、何故《なぜ》か優美さを感じさせる造りだった。

街そのものもどこまで広いのやら、アイグレッテと同じく家の数を数えることなど、不可能に思えた。だが、聖都に比べると、通りを行き交う人の数は少なく、誰かにぶつからずに歩くことは無理、ということはなかった。

それにこんな雪の中でも、通りのあちこちでは露店《ろてん》が出ていて、お土産《みやげ》物から、日常の食料品、衣服まで、様々な物を売っていた。

その様子に目を輝かせながら、カイルは、

「なんか、新しい感じの街だね。新品、って感じじゃないんだけど、こう、整ってる感じがするな。ハイデルベルグって古い街のはずなのに、どうしてだろう？」

と感想を呟いた。クレスタの町なども、多少は区画整理がなされているが、それでも徐々に人が集まって大きくなったので、意外とごちゃごちゃしている。それに比べると、ここは道もきちんと真っ直ぐで、人工的な感じがした。

「当然だ。事実、ここは新しい」

ジューダスが言って、レースのフリル飾りが袖《そで》から覗《のぞ》く腕を上げ、南大外門からすぐの階段から真っ直ぐに続く、坂の上を指した。そこには巨大な門があって、左右には古い感じの壁が左右に続いていて、街を区切っていた。

「あれは《英雄門》。かつてのハイデルベルグの大外門があった場所に建てられたものだ。十八年前の『《神の眼《め》》を巡《めぐ》る争乱』の記念博物館も兼ねている。左右の壁は、かつての外壁だ。この辺りは、例の争乱でひどい被害を受けた国境の町ジェノスや、ティルソの森の南にあったサイリルの町の住人が、一斉《いっせい》に移り住んでできた新市街だ。だから区画整理が行き届いているのだろう」

「そっかー……さすが、ジューダスって物知りだよね！」

「このぐらいは、旅慣れた連中なら誰でも知っている。行くぞ。城は《英雄門》を越えたその先、旧市街の外れだ」

ジューダスが先に立ち、カイルたちはその後について、滑らないように足元に気をつけながら、長い長い階段を上っていった。

「英雄王、ウッドロウ陛下《へいか》かあ……どんな人なんだろう。わくわくするよね、リアラ！」

「うん。……今度こそ、わたしの探している英雄だといいんだけど」

呟いたリアラに、カイルは少し複雑だった。

五分ほども歩いて、一行はようやく《英雄門》の下に着いた。その柱には、左右の基部に入り口があって、中に入れるようになっていた。階段からは明かりが漏《も》れている。まだ開いているということだろう。ジューダスは一顧《いっこ》だにせずに、すぐに行き過ぎようとしたが、そのマントをカイルは掴《つか》んだ。

「……なんだ？」

「えーと、その……ちょっと、中を見ていきたいんだけど……ダメかな？」

ジューダスはカイルをじっと見て、そうして白い息を吐《つ》いた。

「他の二人がいいなら、好きにしろ」

カイルは、ロニとリアラを振り向いた。

「しょうがねえな。このまま通り過ぎたら、カイルのことだ。気になって、陛下の前でどんなへまをしでかすかわかったもんじゃやねえ」

「わたしも……見たいわ。英雄と呼ばれる人々のことを、もっと知りたいから」

「じゃあ、決まり！——行こう！」

カイルは楽しそうに階段を上がり、その後にロニとリアラ、最後にジューダスが続いた。

上がった先は、小さな小部屋になっていた。壁には八つの肖像画がかかり、他にも幾《いく》つかの展示品が並べられている。

「見てよ、父さんたちだ！」

カイルは壁に駆け寄った。かけられていたのは、スタンを始めとする四人の英雄と、彼らに協力した四人の人々の絵だった。その下には、各人の果たした役割の説明と、その後のことが書かれている。

「うわ、若っけえ……！」

ルーティの絵の前で、ロニが驚いて言った。争乱直後に描かれたものであるらしく、全員がいまの自分たちとそう変わらない年齢だった。

「でも、やっぱりルーティさんは昔から美人だったんだなあ……」

満足そうに、ロニは頷いた。

その隣でリアラは、巨大な船のような模型に見入っていた。『ラディスロウ』とある。天地戦争時代には地上軍の旗艦《きかん》として使われ、争乱ではスタンたちが、復活した空中都市群へ乗り込むために使用した、古代の空中輸送艦だ。

「あ！　ソーディアンがある！」

嬉しそうに言って、カイルは四本の剣が並べられたケースの前に立った。

展示されているのは、《神の眼》を砕《くだ》いた、《ディムロス》、《アトワイト》、《イクティノス》、《クレメンテ》の四本だ。

「えーと……局地戦闘用白兵戦兵器《はくへいせん》《ソーディアン》とは、現在では失われた、レンズを高密度に集積加工する技術を転用して、ハロルド・ベルセリオス博士が作り上げた、非常に高い《晶力《しょうりょく》》をもつコア・クリスタルに、持ち手（ソーディアン・マスター）の人格を投射・複製し、生きた剣として、ソーディアン・マスターとの超人的な連携《れんけい》を可能とした古代兵器です。なおそれぞれの剣の名称は、剣自身がそう名乗ったものです、か。へえ、そうなんだ」

「おや、見学かね？」

そう声がして振り返ると、ここの職員らしい男が近づいてくるところだった。

「おじさん、他の《ソーディアン》は飾ってないの？　《シャルティエ》と《ベルセリオス》は？」

「おいおい、ここは英雄博物館だよ？　悪人の剣を飾れるものかね」

職員は呆れたような顔をして言った。

「……しかし、《シャルティエ》も《ベルセリオス》も哀《あわ》れだよねえ。ヒューゴ親子のような悪埒《あくらつ》非道な奴らに使われさえしなければ、ここにその姿だけでも留《とど》めて、人々の記憶に残ったのに。——ああ、何か質問があれば、その辺にいるから声をかけておくれ」

「うん、ありがとう」

カイルが言うと、男は頷いて再び階段を下りていった。

一行は逆に階段を上がった。そこは資料室になっていて、大量の本が並べられていた。

「うわー……頭が痛くなりそう」

「何言ってんだ、カイル。このぐらいの数で頭痛を起こしてたら、ストレイライズ大神殿の『知識の塔』に入ったら、血管切れちまうぞ。なんたって、ここの百倍は本があるからな。司書に頼まなけりゃ、読みたい本ひとつ見つけられねえんだ」

「へえ……ここには、オレにも読めそうな本はあるかなあ……」

カイルは、本棚をぐるりと見て回った。集められているのは、ほとんどが、十八年前の争乱を書いたもので、書き手の数だけ物語がある、といった具合だった。関連書籍として、オベロン社の本や、天地戦争のことを書いたものも、少しあった。

その中からカイルは、ハイデルベルグの学校の教科書用として作られたらしい、薄い本を取り出して開いた。そこには十八年前の争乱の顛末《てんまつ》が、こんな風に書かれていた。

＊

十八年前、巨大なレンズ《神の眼》を巡り、大きな戦いがありました。

非常に大きなエネルギーを持つ《神の眼》を、恐ろしい兵器に転用すれば、世界征服も可能だと考えた男がいたのです。

それは、大司祭《しさい》グレバム——《神の眼》を守る立場にあった神官でした。

彼は、ストレイライズ大神殿から《神の眼》を盗み出すと、まずはアクアヴェイル大陸へ渡り、ティベリウスと手を組んで、彼を公国の大王にしました。

次にグレバムは、ティベリウス大王の軍隊を借りて、侵略の手を我がファンダリア王国へも伸ばしました。

前王のイザーク・ケルヴィン陛下はよく戦いましたが、これに敗れ、ファンダリア王国は暗闇に包まれました。

もはや、世界は悪の手に落ちてしまうかと思われましたが、けれども、そのグレバムの野望を砕くために、ファンダリアへと現れた人々がいました。

それは、《ソーディアン》と呼ばれる、人格を持った剣を武器として使いこなす、《ソーディアン・マスター》と呼ばれる英雄たちでした。

スタン・エルロン、ルーティ・カトレット、フィリア・フィリス、そして、後《のち》に仲間を裏切ることになる、悪人、リオン・マグナスです。

彼らは、イザーク陛下の息子、ウッドロウ王子と共に、グレバムに奪われたファンダリアの宝剣、ソーディアン《イクティノス》とこの国を救うために、戦い、勝利したのです。

無事、《神の眼》は取り返され、セインガルド王国へと返還されました。

このとき彼《か》の王は、ウッドロウ王子に、《神の眼》をこれまで以上にしっかりと管理すると約束し、王子はそれを信じて帰国しました。

けれど、約束は守られませんでした。

それから一月《ひとつき》もたたないうちに、再び《神の眼》は盗まれてしまったのです。

驚くべきことに、今度の犯人は、オベロン社の総帥《そうすい》ヒューゴ・ジルクリストと、かつてウッドロウ王子とともに戦ったリオン・マグナスでした。

王子の声に再び英雄は集《つど》い、立ち上がりました。

ウッドロウ王子とその仲間は、オベロン社の秘密工場で、裏切り者のリオンを倒しましたが、卑怯《ひきょう》にも逃げ出したヒューゴは、人間が天上と地上とに別れて戦った《天地戦争》時代の天上側の兵器、無差別地殻《ちかく》破壊兵器ベルクラントと空中都市群を、《神の眼》によって復活させ、天上世界を再び蘇《よみがえ》らせることに成功してしまいました。

もはや希望はないと思われましたが、王子は諦《あきら》めませんでした。王子は、仲間とともに古代の空中船を蘇らせ、これを使って空中都市群へ進撃したのです。

王子とその仲間は、ヒューゴを倒しました。しかし、それで終わりではありませんでした。今度は、ヒューゴが持っていたソーディアン《ベルセリオス》に封印《ふういん》されていた、天上王ミクトランが蘇り、世界を滅ぼそうとしたのです。

けれども、王子とその仲間は、ミクトランも死闘の末についに退《しりぞ》け、世界を破滅へ導く原因となった《神の眼》を宝剣であるソーディアンと引き換えに、破壊しました。

こうして世界は、ウッドロウ王子と、その三人の仲間たちによって救われ、ようやく平和な時代を迎えることができたのです。

問い：リオン・マグナスのように、友達を裏切ることについて話し合おう。

問い：武器を持つのは悪いこと？

＊

（……なんか、ずいぶん脚色されてるような気もするなあ。これじゃ、父さんじゃなくて、ウッドロウ陛下がリーダーみたいじゃんか）

　カイルは本を閉じた。

　争乱についての話は、リオンは脅迫《きょうはく》されていたのだ、とか、ヒューゴはミクトランに操《あやつ》られていたのだ、とか、諸説あってはっきりしていない。ルーティを始め、四英雄は全員、天上世界でのことを多く語らず、それが多くの伝説を生んでいた。

　カイル自身も、ルーティからその頃の話を聞いたことは、ほとんどない。訊《き》くと、どことなく辛《つら》そうな表情になるので、彼女に争乱のことを訊くのは、孤児院のタブーとなっていた。

「おおい、カイル。もう行こうぜ？　あんまり遅くなると、謁見《えっけん》できなくなっちまうぞ？」

「あ、うん。わかった」

　ロニの声に、カイルは本を元の場所に戻すと、下へ向かう階段の前にいた彼のところへ急いだ。ジューダスは先に行ってしまったのか姿がなく、リアラが来るのを待って、三人は階段を下りた。

そこは、天地戦争時代の資料の展示室となっていた。

千年前に起きた彗星《すいせい》の衝突がきっかけで、天上と地上に分かれて住むようになった人々が起こした大戦争については、多くの資料が残っていたが、その大部分は十八年前の争乱で失われてしまったらしい。ここにあるのは、僅《わず》かに残った資料や、口伝《くでん》から再現されたものだろう。

それについてカイルが知っていることは、長い戦争で、最後には白兵戦が戦闘の主体になって、結果、ソーディアンを開発した地上軍がこれに勝った、というその程度だった。空中都市群は、その時に、『ラディスロウ』と共に海に沈められたらしい。

その都市模型を横目に、カイルは階段をさらに下りた。《英雄門》の、上ったのとは反対側の出入り口から出ると、ジューダスはそこで待っていた。

「ごめん、お待たせ」

カイルは言ったが、彼は答えずに歩き出し、三人はその後に続いて門を抜けた。

そこが旧市街——本来のハイデルベルグで、各家の感じも新市街とは違っていた。新市街の家屋が石造りなのに対して、旧市街のそれは木材を多く使っているようだ。一見したところ、《英雄門》を挟《はさ》んで、貧富の差などは見られなかった。

ただ外に比べると、どことなく雰囲気《ふんいき》は落ち着いていて、活気という点では、同じ街とは思えないほど静かだった。通りに露店を出すような人もいないらしい。

馬車の轍《わだち》の残る中央通りの行き着くところが、ハイデルベルグ城の大手門だった。右手に行くと、記念公園がある、と濠《ほり》の前に建てられた案内板に書いてある。門の落とし格子《ごうし》は上がっていて、誰でも中に入れるようになっていた。

カイルたちは巨大な門をくぐると、城内へと入った。すると、控《ひか》えていた門兵が二人、すぐにやってきて、行く手を遮《さえぎ》るようにした。

「待て。見たところ旅の者のようだが、ウッドロウ陛下に謁見《えっけん》か？」

手に冊子《さっし》を持った若い方の兵士に尋《たず》ねられ、カイルは胸を張った。

「はい！　オレたち、はるばるクレスタから陛下に会いに来たんです！　誰でも会わせてもらえるんですよね？」

「それが陛下の御方針だ。それで名前は？」

「カイル・デュナミス！　それと、ロニ・デュナミスと、リアラに、ジューダス！」

それを聞くと、門兵は手にしていた冊子を捲《めく》ったが、怪訝《けげん》そうな目を四人に向けた。

「おまえたち、謁見の予約は入れたのか？　今日の予定には入っていないぞ」

「えっ!?　予約なんか要るの!?」

「当たり前だ。陛下はお忙しい。予約がないのなら、謁見は数週間先になるぞ。それでもよければ、ここに名前を書くがいい」

「どうしよう……そんなに、待てない……」

リアラは肩を落とし、絶望したかのように目を伏せて美しい色彩の床を見下ろした。

「リアラ……」

カイルは、門兵に向き直ると、祈るように腕を組んだ。

「お願いだよ！　ちょっとでいいから会わせてよ！」

だが、そんな抗議は聞きなれている、と言った様子で、門兵は冊子を閉じた。

「だめだ。諦めるんだな」

その言い様に、思わず身を乗り出したカイルだったが、肩を摑まれて引き戻された。それはロニの手だった。カイルは、何すんだよ、と言おうとしたが、その前に巻きつけられた腕で首を揺さぶられてしまい、できなかった。

「ばーか。真正面から行ってどうすんだよ。まあ待ちな。俺に考えがある」

ロニはカイルの背中をポンと叩くと、薄い笑みを浮かべながら門兵のところへ行った。

「なんだ？　まだ何か用か？」

「まあな。……確かに、俺たちは予約は入れてないんだけどよ。試しに、陛下に話を通してみてくれないか？　スタンの息子のカイルが来た——そう言ってもらえれば、わかるはずだ」

「だから、予約のない者は——」

「ま、待て！」

顔色を変えたのは、冊子を持った兵よりは年のいった男の方だった。

「いま、スタンと言ったか？　まさか、あの……いや、しかし……」

その反応にロニは、してやったり、という顔になった。

「だから、試しにでいいんだよ。それでダメだったら、すぐに引き下がってちゃんと予約を入れるよ。……とはいえ、英雄王の誉《ほま》れ高いウッドロウ陛下が、はるばる訪ねてきた旧知の友の息子を、無下《むげ》に追い返すとも思えないがねえ……」

ロニの言葉に、門兵はカイルをちらりと見た。

「……わかった、話してみよう。この場にて、しばし待たれよ」

彼は踵《きびす》を返すと慌《あわ》てた様子で城の奥へと向かい、ロニはその背中に手を振った。

「よろしくー」

にやりとして戻ったロニに、しかし、ジューダスは冷たい視線を投げた。

「……ずいぶんと姑息《こそく》な手を使うな」

「なあに、会えりゃいいんだ。難《かた》いこと言うなよ」

「おまえ、自分が何をしたのか、わかっていないようだな」

「あん？」

眉《まゆ》を顰《ひそ》め、肩を怒らせたロニを見て、ジューダスは小さく舌打《したう》ちをした。

「……つきあいきれんな。僕はしばらく時間を潰してくる。ウッドロウには、おまえたちだけで会ってくるがいい。僕は、あいつに用はないからな」

そう言うと、ジューダスは漆黒のマントを翻して、城を出て行ってしまった。

「あ！　待ってよジューダス！」

カイルは引きとめようとしたが、ちょうどその時、伺いを立てに行った兵が戻ってきて、それはできなかった。

「失礼しました！　すぐに謁見したいとのことです。どうぞこちらへ」

「ち、ちょっと待ってくださいよ」

案内をしようとした兵を止めたのは、もう一人の門兵だった。

「この連中は、予約を入れていないんですよ？　それにこの後にだって――」

「いいんだ！　陛下から、丁重におもてなしするようにとの御下命《ごかめい》だ。さ、皆さん、こちらです。剣などの武具も、特別に持ち込みを許可するとのことです」

「剣も!?」

それを聞くと、若い方の門兵は仰天《ぎょうてん》していた。

「馬鹿《ばか》な！　もしもこの連中が、陛下のお命を狙《ねら》う輩《やから》だったらどうするんです！」

「それが、御下命だ。いいからおまえは、ここにいて仕事を続けろ。――さあ、どうぞ」

兵は先に立って歩き出し、カイル、ロニ、リアラの三人は、その後について城の中を進んでいった。ハイデルベルグ城の内部は、外から見える印象と違って、色彩も豊かで明るく、とても華《はな》やいだ雰囲気があった。真紅《しんく》の絨毯《じゅうたん》の上を延々《えんえん》と行くと、やがて、大きな部屋の前について、そこで待つように言われた。

「陛下はただいま、別の方と謁見中なのです。それが済み次第、お会いになられますので、ここでお待ちください」

そう言うと、門兵は下がった。

代わりに、カイルたちの周りには、軽武装の騎士が四人、ある程度の距離を保って立った。彼らからは、ぴりぴりした警戒心《けいかいしん》が伝わってくる。武器を携《たずさ》えているからだろう。自分たちにだけ携帯を許してくれたウッドロウの信頼がよくわかって、カイルは誇らしかった。

「おい、カイル」

「え、何？」

「見てみろよ。陛下といま謁見している奴を。あの後ろ姿……見覚えねえか？」

ロニの声には、何故か緊張感があって、カイルは謁見室を、赤い絨毯が続く階段のその先に立つ人物を見た。

「あ！」

たっぷりとした白いドレス。三つ編みにして、ひとつにまとめられた栗色《くりいろ》の髪。黒い襞《ひだ》で飾られた袖。背の高い帽子。それは――

「エルレインさんだ！」

「ああ、大司祭長だぜ。いったいぜんたい、なんでこんなところにいるんだ？」

その時、彼女のよく通る声が聞こえてきて、カイルも、ロニも黙り、耳を澄《す》ませた。

「陛下。我々は、世界中の人々が幸せに暮らせるよう、微力ながらお手伝いをさせていただきたいだけなのです。レンズが分散しているのは、決して好ましいことではありません。わたくしたちは、神に仕《つか》える者として、可能な限りの救いの手を、人々に差し伸べたいのです。協力してはいただけませんか？」

「大変ありがたい申し出であるとは思うが……」

エルレインに答えて聞こえてきた声は、どっしりとして低く、しかし、柔らかく包み込むようでもあって、思わず聞き入ってしまう男性のものだった。

「しかし、年を取ると、どうも疑り深くなってしまう。あなたは、レンズが分散しているのは望ましくないことだ、と仰《おつしや》られるが、私に言わせれば、ただ一箇所に全《すべ》てのレンズが集められることの方が、より危険だと考えている。ひとつひとつは微量の《晶力》しか持っていなくても、それを集め、集約する技術を誰かが開発した時、全てのレンズが、ただの一箇所にあった場合、それは《神の眼》の再現になるのではなかろうか」

「わたくしが、そうした野望を持っていると？」

「あなたは違うかもしれない。しかし、先の争乱で《神の眼》を盗み出したのは、ストレイライズ大神殿の大司祭であった男。グレバムは、私の父を殺し、《イクティノス》を奪った。彼が《神の眼》に魅入《みい》られたように、あなたがたの中に、力に魅入られる者が出ない保証はない。申し訳ないが、私はまだ、アタモニ神団をそれほど信頼することはできない」

「……陛下の信頼を勝ち取るためには、相応の時間と努力が必要なこと、よくわかりました。今日のところは、これで失礼いたします。お話の続きは、いずれ、また……」

エルレインは優美に礼をして見せると、衣擦《きぬず》れの音を響かせて踵を返し、真っ直ぐにカイルたちの方へとやってきた。堂々としていて、彼女が謁見室の主であるかのようだ。彼女は、階段を下りたところで、三人に気がついて立ち止まった。

「あなたたちは……」

エルレインの意外そうな表情は、すぐにやわらかい微笑にとって変わった。

「ふふ……またお会いしましたね、カイルさん、ロニさん」

「ど、どうも……」

カイルはそう挨拶《あいさつ》をしたが、ロニは軽く頭を下げただけに留めた。

リアラは、ただ黙ってエルレインを見つめていた。リアラの胸でペンダントが、柱の燭台《しょくだい》の炎を映したのか、きらりと輝き、エルレインの栗色の瞳《ひとみ》が僅《わず》かに細められた。

リアラは、ペンダントを隠すように摑んだ。

エルレインの顔から笑みが消え、まるで陶磁《とうじ》でできた仮面のように、無表情になった。彼女はそれ以上もう何も言わず、赤い絨毯の上を音もなく滑るように去っていった。

「なんか、怖かったね」

カイルが言うと、ロニは疑わしそうな視線を彼女の背中に投げながら、ああ、と答えた。アイグレッテで会った時とは、雰囲気が違う。特に、リアラに気づいてからの表情の変化は、背筋がぞっとするような冷たさがあった。

リアラが僅かに顔色を失い、いつまでもペンダントを放そうとしないことに気づいて、

「大丈夫、リアラ?」

と、カイルは訊いた。彼女は僅かに頷いたが、その表情は、態度とはまったく裏腹《うらはら》だった。

「カイル・デュナミス殿、入られよ!」

突然、謁見室からそう声が聞こえて、カイルは、反射的に背筋をピンと伸ばしていた。順番が来たのだ。ロニを振り返ると、行けよ、と言うように、彼は顎《あご》をしゃくった。

唾《つば》を飲み込み、赤い絨毯が敷かれた階段を上がる。何となく足取りがふわふわしているのは、絨毯が柔らかいせいばかりではあるまい。

僅か数段を上がると玉座《ぎょくざ》が見え、そこに《英雄王》が座っていた。

初めて目の当たりにする、ウッドロウ・ケルヴィンは、四十一歳という年齢を考えると、実際の年齢よりも年老いて見えた。

ルーティやフィリスが実年齢よりも若く見えることを考えると、余計に差を感じる。昔の肖像画にはなかった、髪と同じ、白銀の髭《ひげ》を蓄えているせいだろうか?

あの絵に比べると、頬からは肉が削《そ》げるように落ちていて、より精悍《せいかん》な印象を対面した者に抱かせるに違いなかった。大柄な体には、袖の折り返しの大きい青いローブを纏《まと》い、その上に

たっぷりとした葡萄酒《ぶどうしゅ》色の袖のないコートを羽織《はお》っている。王冠はなく、降ったばかりの雪のような髪の下で、色の薄い青い瞳が、優しげに揺れていた。

玉座へと上がる段の手前で、ロニが立ち止まったのが横目に入って、カイルも同じようにした。片膝をついて腰を落とし、頭を下げる。五秒位そのままでいると、後ろからロニに突かれた。ちら、と盗み見るようにすると、彼の唇が『あ・い・さ・つ』と動いた。

そうだった。カイルは口上《こうじょう》を必死に考えて、口を開いた。

「は、は、はじめまして！　へ、陛下におかれましては、お、お日柄もよく、今日のよき日にご機嫌も、うる、うらわしゅ――」

あちこちでクスクスと笑い声が起こり、カイルは真っ赤になった。

「落ち着けって、カイル！」

ロニの小声が、かろうじて耳の届いた。

「いろんな挨拶《あいさつ》がごっちゃになって、わけわかんねえぞ」

「う、うん……」

だが、考えれば考えるほど頭が真っ白になって、何をどう言ったら失礼がないのか、さっぱりわからなくなってしまい、このまま倒れてしまえたらどんなに楽《らく》だろうか、と思った。

すると、壇上から快活な笑い声がして、思わず顔を上げてしまうと、ゆっくりとウッドロウが玉座から降りてくるところだった。カイルたちはますます固くなってしまって、挨拶どころか呼吸することも忘れるほどだった。

ウッドロウは三人の目の前で立ち止まると、銀色の髭を撫《な》でて、ふむ、と言った。

「なるほど、よく似ているな。……自己紹介は必要かな？　私がファンダリアの王、ウッドロウ・ケルヴィンだ」

「ひ、ひゃい！」

「さて。謁見に入る前に、ひとつ申し置くことがある。君たちは、謁見の順番に割《わ》り込んだそうだが、あまり誉《ほ》められた行為ではないな。皆、時間を作って順番を待っている。急いでいるのは君たちだけではない」

カイルは、さっと血の気が引く思いだった。ウッドロウに会える、ということに浮かれ、しかも内心で、それを喜んでいた。自分たちが割り込んだ為に、今日の謁見が明日になった人もいたかもしれない。

「す、すいません……オレ、そこまで考えませんでした……」

「お待ちください、陛下！」

控えたまま、ロニが声を上げた。顔は上げていない。

「その件につきましては、カイルが頼んだことではありません！　自分が浅知恵を働かせてご迷惑をおかけしたのです！　罰《ばつ》ならば自分が受けます！」

「ちがいます！」

反対側の後ろで、リアラもそう声を上げた。

「二人は、わたしが急いでいることを知っていて、それで、無理をしてくれたんです！　二人が悪いんじゃありません！」

それを聞くと、ウッドロウは優しく微笑《ほほえ》んで、静かに手を上げた。

「案ずるな。カイル君を罰するつもりはない。周りを気遣《きづか》う心、それに気づいてくれればそれでいい。しかし、さすがはスタンとルーティの息子だけのことはある。いい仲間に恵まれているようだ」

英雄王の言葉に、ロニは恐縮《きょうしゅく》したように深々と頭を下げ、リアラは微《かす》かに頬を赤らめた。

ウッドロウは彼らの様子に頷くと、ゆっくりと玉座に戻った。

「さて、君たちは今後、謁見の申請《しんせい》は必要ない。何時《いつ》でも気軽に来てくれ」

「え……？」

驚いて顔を上げたカイルに、ウッドロウは目を細めて唇に笑みを浮かべた。

「戦友の息子は、私にとっても息子も同じだ。息子が親に会うのに、手続きをするなど可笑《おか》しいだろう？」

なんという度量の広い言葉だろう、とカイルは体が震える思いだった。戦友とは言っても十八年も前の話だ。それに、父のスタンは十何年も音信不通であり、母のルーティも、ウッドロウの話題は親友のマリーの手紙で近況を知るだけで、直接連絡は取っていないはずだった。

じわ、ときてしまい、カイルは鼻を啜《すす》った。

「陛下……、オレ、なんて言ったらいいか……」

「その呼び方も固すぎるな。ウッドロウおじさん、でかまわんよ」

「そ、そんな、滅相《めっそう》もないです!!」

ぶるぶると首を振ると、ウッドロウは思慮《しりょ》深げに髭を撫でた。

「ふむ……自分で言っておいてなんだが、おじさん、と呼ばれるのは少し傷つくかもしれんな。なにしろ私はまだ独身だ。——では、さん付けにしよう。スタンもそう呼んでいた。私も、君のことは、カイル、と呼ばせてもらうがかまわんかね?」

「も、もちろんです、陛——じゃなかった……ウッドロウさん!」

楽しげに頷くと、ウッドロウはロニとリアラに目を向けた。

「君たちも同じように呼んでくれてかまわん。カイルの友人ならば、私の友人ということだ」

「は! ありがたき幸せ!」

ロニは、ほとんど額《ひたい》が床につきそうだった。こんなに丁寧《ていねい》に、人に頭を下げているロニを見るのは初めてである。リアラも、無言で頭を下げて、感謝を表した。

ウッドロウは、それを見て笑った。固いな、と思ったのかもしれない。

「……さて。君たちが、わざわざクレスタから訪ねて来てくれたことは嬉しいが、ただの観光ということではあるまい? いったい、私にどんな用かな?」

「ウッドロウ陛──さん、実は、用事があるのはカイルではなく、わたしなんです」

「君が？」

「はい。わたしは、リアラと言います。ウッドロウさん、失礼します」

そう言ってリアラが立ち上がると、周囲を囲んでいた騎士たちが色めき立ち、腰の剣に手をかけた。だが、ウッドロウがそれを制し、彼女がペンダントを覗き込むに任せた。祈るような様子で、リアラはしばらくそうしていたが、やがて深いため息をついて首を振った。

「ダメだったの？」

カイルが訊くと、リアラは小さく頷いた。

「これはどう言うことなのか、説明してくれるかな、カイル？」

「はい。……あの、リアラは英雄を探しているんです」

「英雄を探している？」

「はい。オレたち、フィリアさんにも会いました。でも、あの人は、リアラの探してる英雄じゃなかった。それで、英雄王と讃《たた》えられるウッドロウさんならもしかして、と思って、ハイデルベルクに来たんです。でも……」

「私もそうではなかった、ということか」

周囲がざわめき、敵意のようなものが膨《ふく》れ上がった。ウッドロウを英雄ではない、と言い切った自分たちに対して、一気に反感が高まったのが肌《はだ》で感じられる。

その気持ちは、カイルにはよくわかった。初めてリアラに会った時、自分も同じ反発を感じたのだから。

「すいません、失礼なことを言って！　でも、リアラは別に、ウッドロウさんのことを否定してるわけじゃないんです！」

そう言って頭を下げたカイルに、ウッドロウは片目をつぶって見せた。

「気にすることはない。こんなことを言うと側近連中には叱《しか》られるのだが、私は自分を英雄だなどとは思っていないからな。わかってもらえて嬉しいくらいだ」

「ウッドロウさん……」

「しかし、その子の探している英雄が、世間の評価と合致《がっち》しない人物であるのなら、君たちの探索行は、なかなか厳しそうだな」

それを聞くとリアラは、本当につらそうな、今にも泣き出しそうな表情になって、カイルは御前《ごぜん》であるということも忘れて慌てて立ち上がり、彼女の肩を掴むようにしていた。ロニが足元で焦《あせ》りまくっていたが、そんなのは目に入らなかった。

「だ、大丈夫だよ、リアラ！　オレたちがついてるって！　絶対見つかるって信じていれば、何とかなるよ！　あきらめないで頑張ろう！」

「カイル……」

リアラの顔が上向き、潤《うる》んだ瞳にカイルの顔が映った。その美しさに、カイルは耳まで赤くなって言葉を失い、慌てて手を放した。心臓が跳《は》ね回っている。

「リアラ君、彼の言う通りだよ」

玉座からの声に、二人は王を見上げた。

「困難に際しても、決して諦めないこと……それが、前進につながり、何事をも解決する——私は、それをスタンから学んだ」

「父さんから……」

「他の誰が認めなくても、彼は、私の英雄だ。彼から学んだことがなければ、ファンダリアをこれほど早く復興させることはできなかっただろう」

熱いものが胸に込み上げて、カイルは声が喉《のど》に詰まり、涙がこぼれそうになった。斜め後ろでロニも、膝をついたまま肩を震わせている。

「リアラ君、もしも君が、挫《くじ》け、諦めそうになったのなら、目の前にいる君の仲間を、友人を見ればいい。彼はスタンから、英雄の素質を確実に受け継いでいるようだからね」

「！」

突然の言葉に、カイルは目を白黒させた。

「英雄……オレが、英雄……」

ウッドロウは、その様子に小さく笑うと、リアラへと目を移した。少女はもう嘆《なげ》いてはおらず、王の視線を真っ直ぐに受け止めた。その強い眼差《まなざ》しに、ウッドロウは頷いた。

「リアラ君には残念なことをしたが、世界は広い。君の探す英雄も、諦めなければきっと見つかるだろう」

「はい。ありがとうございます」

「緊張して、大分、疲れたのではないかな？　できれば夕食を共にしたいところだが、残念ながら、これからまだ執務《しつむ》が残っている。しばらく滞在するつもりならば、明日の昼食でも一緒にどうかね？」

「は、はい！　ぜひ、一緒に食べたいです！」

　元気よくカイルは答えた。リアラも頷く。

「では、そのように手配させよう。ところで君たち、今夜の宿は決めているのかな？　よければ、新市街にある、私の古い知り合いの宿を紹介するが。あそこの主人が作る『ビーストミートのポアレ』は絶品だぞ？」

「それって、どんな料理なんですか？」

「詳《くわ》しい料理法は教えてもらっていないんだが、簡単に言うと、新鮮な獣肉《けもの》を、たっぷりのバターと葡萄酒を使って蒸し焼きにするらしい」

「へえ……あ、でもオレたち、今日は、母さんの知り合いの宿に泊まろうと思っているんです。マリー・エージェントさんの宿に」

「なるほど、そうか！……いや、私の紹介しようと思っていた宿も、彼女の宿なのだ。ぜひ、食べてみてくれたまえ。きっと気に入るはずだ」

「はい！」

カイルは大きく返事をして、その声に、ようやくロニも立ち上がった。

「では、また明日」

ウッドロウの言葉に、カイルとリアラは礼をして、踵を返した。

だがロニは、何故《なぜ》かその場を去ろうとはしなかった。

「？　どうしたの、ロニ？」

カイルは聞いたが、それには答えず、ロニは玉座の王を見上げていた。

「私に、まだ話があるのかな？」

「はい。……失礼だとはわかってますが、ひとつ、お訊きしたいことがあります」

「よろしい、聞こう」

「先ほどの謁見者……あれはアタモニ神団の長《おさ》、エルレイン大司祭長と御見受けしました。神団はファンダリアに対して、レンズを渡すように申し入れてきたのですか？」

するとウッドロウの表情は曇《くも》り、一気に年を取ってしまったかのように見えた。

「……聞こえてしまったか。まあ、そんなところだ。だが、君は何故そんなことを気にする？」

「陛――ウッドロウさん。自分は、元・アタモニ神団騎士なんです。連中のレンズ第一主義に嫌気がさして、絶縁してやったんですが、正直、自分はあのエルレイン大司祭長が、どうにもこう、気に食わないんです」

何ともロニらしい言い方だったが、ウッドロウはそれを茶化すような態度は取らなかった。

「なるほど……スタンの息子である、カイルの仲間の、君たちにだから言うが、ロニ君、私も君に共感できる点がある。神団はレンズの回収を急いでいる気がしてならない。それが何を意味するのかはわからないが、なにぶん私の保管しているレンズの量が量だ。この疑念がなんなのかはっきりとしない限り、おいそれとは渡せない」

「そんなにあるんですか？」

リアラが聞くと、ウッドロウは苦笑を浮かべた。

「興味があるのなら、見てみるかね？　この後ろの部屋にある。——誰か開けてやってくれ」

「は」

騎士の一人が恭《うやうや》しく礼をして、玉座の真後ろにある扉の鍵《かぎ》を外して、これを引き開けた。途端、柱で燃える炎の揺らめきを受けて、何万という数のレンズがギラギラと輝いた。謁見室そのものが不吉な赤に染まる。わざわざ傍《そば》まで行かなくても、それがとてつもない数であることは、簡単にわかった。

「すごいなあ……」

呆然《ぼうぜん》としてカイルが呟くと、ロニは隣で唾を飲み込んだ。

「ファンダリア中から集まってくると、これだけの数になるのか……アタモニの連中が目を付けるはずだぜ……」

ウッドロウが頷きかけると、騎士は扉を閉めた。血のように赤い輝きは消えて、辺りには元の明るく暖かな色彩が戻り、カイルたちはホッとした。

「……先の災厄《さいやく》の後、人々の間にレンズを忌避《きひ》する風潮が生まれたのは、君たちも知っているだろう？　そのこと自体は歓迎すべきことだったのだが、破棄《はき》の仕方が問題になってね。無闇《むやみ》に捨てたのでは、また誰かに悪用されるかもしれないと考えた民は、私に預けるのが一番だと思ったらしい。まさか、断るわけにもいかないだろう？　その結果がこれだ」

ウッドロウは、困ったものだ、というように苦笑した。

「レンズの集中を危惧《きぐ》する私が、こうして、大量のレンズを抱えている……皮肉なものだよ」

「それは、みんながウッドロウさんを信頼しているからですよ！」

再び王の顔になって、ウッドロウは頷いた。

「その通りだ、カイル。そして、受けた信頼には応《こた》えなければならない。――ロニ君、レンズのことは心配はいらない。いまのところ、アタモニ神団にこれを渡すつもりはない。忠告、感謝しよう」

「いえ、出すぎたことを申しました」

ロニは、騎士の礼にかなった態度で、恭しく頭を下げた。彼は、時折こうしたことをして、カイルを驚かせる。普段はいい加減でも、こうしたきちんとした態度を取れるロニを、カイルは尊敬していた。

カイルも真似《まね》をするように頭を下げ、リアラは貴婦人の如《ごと》くコートの裾《すそ》を持ち上げた。

その様子に、ウッドロウは満足そうだった。

「明日の時間などは、あとで宿の方へ使いをやろう。――ルーティやフィリアの近況など、聞かせてくれたまえ。楽しみにしているぞ」

城の外、城門の柱に寄りかかって、ジューダスは鉛色《なまりいろ》の空を見上げていた。

息が白い。仮面の横顔には何の感情もなく、ただ黒い髪と闇色のマントの肩に、雪が舞い落ちるのみだ。

「やっぱすごいよなあ、ウッドロウさんって！」

そんな声が聞こえてきて、ジューダスは柱を離れると、階段に立った。

「あ！　ジューダス！」

カイルがすぐに彼に気がつき、駆け寄ってきた。目は輝き、頬も少し赤い。そして、目の前に立つと、すっかり興奮した様子で話し始めた。

「聞いてよ、ジューダス！　ウッドロウさんって最高だよ！　そこにいるだけで、なんかもう『英雄ーっ！』って感じなんだ！　でも、それでいて、威張《いば》ったようなところはないし、すっごい気さくな人でさ！　陛下じゃなくて、さん付けでいい、なんて言ってくれたんだ！　オレのこと、自分の子供も同然だって！　その上！」

ウッドロウの真似のつもりなのか、カイルは、目を細めて、ない髭を撫でる仕草《しぐさ》をした。

「――『彼は、スタンから、英雄の素質を確実に受け継いでいるようだ』――なーんて、言われちゃってさ！　英雄王に期待されちゃうなんて、タハハ……参ったなあ……」

一応、最後まで聞いてから、ジューダスは深いため息を吐いた。

「……やれやれ、思った通りだ」

「えっ？　じゃあ、ジューダスも、オレが英雄の素質バッチリだって、わかってたの？」

「そうじゃない」

ジューダスは、舞い落ちる雪のように冷たい目で、カイルを見つめた。

「気づかないのか？　ウッドロウも、騎士たちも、門兵も、誰も、おまえのことなど見てはいない。あいつらが見ているのは、おまえの後ろにいる二人の英雄――スタンとルーティだ」

「な、何言ってんだよ、そんなこと――」

「ない、と言えるのか？　ウッドロウは、なぜ規律を曲げてでも、おまえに会うことにしたと思う？　それは、おまえがスタンの息子だからだ。英雄の素質を継いでいる？　もし、おまえがスタンの息子だと名乗らずに、ウッドロウに謁見したら、あいつは同じ言葉を、おまえにかけたと思うか？」

「そ、それは……」

カイルの顔は、次第に血の気を失って、視線は辺りをさまよった。ジューダスは、舌を打つと、瞳だけを動かしてリアラを見た。

「リアラ。ウッドロウは、おまえの求める英雄だったのか？」

少女は、カイルをちらりと見て、それから小さく首を振った。

「だろうな。でなければ、こいつらと一緒に、城から出てくるはずはない」

ジューダスは視線をカイルに戻した。少年の表情からは興奮は消えて、怯《おび》えた小動物のように見えた。

「それなのに一人で浮かれて、いい気なものだな、カイル。ウッドロウや城の連中におだてられて、気分がよかったか？　だがな、仲間のことを考えられないような奴が、英雄になどなれはしない——決してな」

「……くっ！」

カイルは唇を噛み締め、拳を震わせたが、何も反論しなかった。そして、耐えかねたように雪の中を駆け出すと、通りを記念公園の方へ向かい、見えなくなってしまった。

「カイル！」

あとを追ってリアラも駆け出し、その姿はすぐに雪にまぎれた。

「てめえ……」

ロニの手が伸び、ジューダスは胸倉《むなぐら》を摑まれたが、抵抗はしなかった。ただ冷ややかに彼を見上げただけだった。手もだらりと下がって、剣の柄《つか》にはかかっていない。

「……確かに、おまえの言うことは正論だよ。けどよ！　それにしたって、言い方ってもんがあるんじゃねえのか⁉」

仮面の奥で、ジューダスは皮肉な笑みを浮かべた。

「よくそんなことが言えるな。おまえも、ウッドロウたちと同じじゃないか」

「なんだと！」

「謁見に割り込む時、おまえが使った姑息な手段を忘れたのか？　おまえは、カイルがスタンの息子ということを利用したんだぞ」

ロニの銀色の瞳が動揺に揺れて、彼は手を放した。ジューダスは、服の皺《しわ》を伸ばしながら、せせら笑った。

「あの瞬間から連中は、カイルを、カイル・デュナミスという一人の人間ではなく、『英雄の息子』という目で見、カイルはスタンの影になってしまったんだ」

「そ、それは、時間がなくて、それで仕方なく……」

「…………」

「……ちくしょう！」

ロニは、自分が何をしてしまったのかようやく気づいたかのように、壁を殴りつけた。何度も、何度も、殴りつけた。皮が破れ、滴《したた》った血が雪を赤く染める。その手を、ジューダスは静かに押さえた。

「やめろ。手が使い物にならなくなったら、いざという時に、誰があいつの背中を守る」

そう言った彼の顔からは、小馬鹿にしたような笑みは消えていた。

「……ジューダス」

冷たい手で、ジューダスはロニの拳を包むようにした。

「ロニ……あいつがなりたいのは、ただの英雄じゃない。スタンのような英雄だ。それがどういうことか、おまえにならわかるはずだ。おまえがあいつの――スタンの代わりをしたいと言うのなら、言うべきことは、ちゃんと言ってやらなければダメなんだ。……たとえ、それであいつが傷つこうとも」

ロニは叱《しか》られた子供のようにうつむき、やがてハルバードの刃《やいば》の上にうっすらと雪が積もった頃、小さく頷いた。


「カイルーっ！」

雪の中から届いた声に、カイルは後ろを振り返った。

（リアラ……）

白い道を少女が、栗色の髪を揺らしながら駆けてくる。激情はすでに消え、カイルの胸の内

には、ただ、自分に対する情けなさだけがあった。やがて彼女はカイルに追いつくと、白く息を切らしながら、

「カイルったら、すごい勢いで走り出すんだもの……追いつけないかと思ったわ」

そう言って、にっこりと微笑みかけてくれた。

「……ごめんね、リアラ」

カイルは、まともに彼女の顔を見られず、公園の柵《さく》に手をかけると、真っ直ぐに街の外を見た。高台にある記念公園からは、壁の向こうに広がる真っ白な平原の様子が、手に取るようにわかる。

「……オレ、遺跡の奥でリアラと出会ってから、今日まで旅をしてきて、結構、一人前になったつもりでいたんだんだ。今日ウッドロウさんに、英雄の素質がある、って言われてさ、すっごく嬉しかった。正直、やった！　って思った。……でも、ジューダスの言う通りなんだよな。みんなは、オレが父さんの息子だから、誉《ほ》めてくれたんだ。そりゃそうだよ。オレ、まだ何にもしてないもん」

「そんなことない。カイル、わたしと一緒に来てくれたじゃない」

だが、カイルは首を振った。

「ダメだよ。肝心《かんじん》なときに一人で浮かれて、自分のことしか考えられなかった。やっぱり、ガキなんだよな、オレ」

「カイル……」

「あ！　でも、もう大丈夫だから！　これからはもっと気をつけるよ！」

にっ、とカイルは笑顔を作った。

「それで、そのうちに絶対、父さんの息子、ってことじゃなくて、カイル・デュナミスってことで、謁見の割り込みができるくらいになってやるんだ！」

それは空元気《から》だったのだが、拳を握って口に出してみると、不思議と勇気が出てきた。

我《われ》ながら単純だとは思う。

だが、やれる気持ちが湧《わ》き上がってきて、自分を信じられた。

「なんだか、変な野望」

リアラはくすくすと笑うと、カイルと並んで柵に手をかけた。身を乗り出すようにして、街の向こうの景色を眺《なが》める。

「綺麗《きれい》よね……山も、森も、雪で真っ白で、とっても静かで……」

「うん」

リアラは、小さく息を吐いた。それは白く結晶化して、きらきらと輝いた。

「……でも、なんだか不安になる」

カイルはリアラを振り返った。彼女の横顔は、透き通るように綺麗だった。

「不安？」

「うん。まっさらでなんにもない……目印も、道も見えない……どっちに行ったらいいのか、どこに行けばいいのか、何もわからない……不安にならない？」

カイルはもう一度、広い雪原へと目をやった。

「……オレは、わくわくするな」

「え？」

「だってさ、なんにも印《しるし》がないってことは、どっちに行ったたって自由ってことだろ？　それって、くじみたいで楽しいと思わない？　それに、これだけ雪があったら、雪合戦でも雪だるまでもなんでもできるだろ？　楽しそうだよなあ」

「カイル……」

「でもさ、こんなこと思うのって、オレがここに住んでないからなんだろうなあ……。ファンダリアの人たちに、雪って楽しいですよね、なんて言ったら、スコップ渡されて『だったら、たっぷり雪かきさせてやる！』とか言われるんだろうな、きっと」

「すごいね……」

「うん、すごいよ。こんな雪だらけの土地なのに、みんな明るくって、元気で――」

だが、リアラは首を振った。

「ううん、違う。……わたしがすごいと思ったのは、カイル、あなたのこと」

「オレ？」

振り向くと、リアラは真っ直ぐにカイルを見つめて、こっくりと頷いた。

「わたしは何もない風景を見て、不安に思った。道がないから進めない、って考えた。でも、あなたは違った。道がないからどこにでも行ける、って考えた。そんな風に前向きに考えられるのって、うらやましい……」

リアラは軽く目を伏せると、小さくため息を吐いた。

「ウッドロウさんが、わたしの探している英雄じゃないってわかって、なんだかこの雪景色の中に投げ出されたような気分だった。何の手がかりもなくて、どうしたらいいのかわからなかった。でも、カイルは、ジューダスに怒られても、もう前に向かって歩こうとしてる」

「謁見の割り込みのこと？　はは……我ながらちっちゃい野望です」

カイルは金髪の後頭を掻《か》いた。

「それにオレの場合、単に考えなしなだけなんじゃないかなあ。ロニには、しょっちゅうそれで怒られてるし、迷惑もかけてるし。ジューダスには、さっきの通りだし。自分でも、もうちょっと考えた方がいいって、わかってるんだけどさ……ははは……」

「そんなことない。ロニも、ジューダスも、きっと、いまのカイルが大好きよ。真っ直ぐで、いっつも前向きで、みんなに元気をくれる。そんなカイルが――好きなの」

リアラは真っ直ぐにカイルを見つめ、目を逸《そ》らすことを許さなかった。なぜか異様に喉が渇いて、カイルは、ごくりと唾を飲み込んだ。

「絶対、そう。わたしには、わかるの。だって……だって、わたしも……」

けれど、リアラは不意に視線を外すと、うつむき、そうして胸のペンダントを見つめ、黙り込んでしまった。突然変わってしまった様子に、カイルは戸惑《とまど》うしかなかった。

「リ、リアラ……？」

深い、絶望のため息が彼女の唇から漏《も》れた。

「……あなたが」

ポツリと呟いた言葉は、とても小さく、雪に溶けて消えてしまいそうだった。

「……あなたが……わたしの探している英雄ならよかったのに……」

「…………」

かける言葉が見つからず、カイルはただ黙って立ち尽くした。だが——

——ガーン、ゴーン
ハイデルベルグ城の尖塔の鐘《かね》が突如《とつじょ》として鳴り響き、二人は城を振り返った。その途端、何か巨大な影が頭上を飛びすぎ、直後、突風が二人を襲った。

「きゃあああっ！」

「リアラっ！」

吹き飛ばされそうになった小さな体を抱きかかえて、カイルは雪の中に転がった。凄《すさ》まじい破壊音と、崖《がけ》が崩れるような音が聞こえ、鐘が鳴り止《や》む。おそるおそる顔を上げた二人は、息を呑《の》んだ。

「あれは……飛行竜……!!」

まるで応《こた》えるかのように、城の尖塔のひとつに取りついた巨大なドラゴンが、咆哮《ほうこう》を上げた。その声は、恐るべき振動となって城下の窓を砕き、雪を吹き飛ばした。

だが、その正体は生物ではない。

空中輸送艦『ラディスロウ』と同じく、天地戦争時代に作られた、竜を模した自律飛行機械だ。セインガルド王国が保有し、十八年前の決戦でスタンたちが使った後は、ストレイライズ大神殿の地下に封印《ふういん》されているはずのものだった。

（ストレイライズ大神殿――まさか、アタモニ神団が!?）

そう思い至《いた》って、カイルは、リアラを助けて立ち上がった。

「行こう、リアラ！　オレたちにも、何か手伝えることがあるかもしれない！」

「うん！」

服についた雪もそのままに、二人は来た道を走って戻った。

屈強なファンダリア騎士団が、木《こ》っ端《ぱ》のように散らされ、壁に叩きつけられるのを、ウッドロウは見た。甲冑《かっちゅう》は割れ、あるいはひしゃげ、騎士たちは崩れ落ちる。

――たった一撃。

それで、王を守っていた騎士たちは、全て倒れた。

ウッドロウは、その様子を玉座で見ていた。顔色は灰のようで、額には汗《あせ》が滲《にじ》み、唇は色が変わっている。手には、根元から折れた剣を握り締めており、袖からは大量の血が流れて、柄《つか》を、刃を濡《ぬ》らしていた。だが、青い瞳だけは明るさを失ってはいない。その視線は真っ直ぐに、謁見室へ上がったところに立つ、一人の男を見据えていた。

「……弱い。弱すぎる」

男は、手にした斧《おの》の柄《え》で、自分の掌《てのひら》を打った。

「これが、英雄王といわれる男の騎士団か？　第一大陸、最強の軍が聞いて呆れる。この俺一人、止めることが出来ないのだからな」

「化け者め……」

苦しげな息の下で、ウッドロウは呟いた。

それを聞くと、男は大仰《おおぎょう》に眉を上げた。

「……それが、貴様の最期の言葉か？　まったく失望させてくれる。何が英雄だ。貴様らはしょせん、ソーディアンがなければ、何もできない紛《まが》い物よ。もはや用はない」

男は、巨大な斧を振り上げながら、ゆっくりと玉座へ近づいていく。

「ロニ！　ジューダス！」

向こうから駆けてくる二人の姿を見つけて、カイルは手を振った。ロニが応えてハルバードを振り上げる。四人は、飛行竜がてっぺんを崩しながらしがみついた、城の尖塔のひとつの下で合流した。

「ロニ、飛行竜だよ！　これって、もしかしてアタモニ神団の仕業《しわざ》!?」

「わからねえ！　連中のやり口にしちゃあ、荒っぽすぎる！　とにかくここは避難――」

その時、突然、尖塔の壁が吹き飛んで、カイルは咄嗟《とっさ》にリアラをかばった。振り返ると、崩れた壁に埋もれるようにして、騎士が倒れていた。

「大変だ！」

カイルたちは急いで駆け寄ると、瓦礫《がれき》を除《の》けた。騎士の鎧《よろい》は大きく変形し、隙間《すきま》から僅《わず》かだが血が流れ出している。骨が折れているのは間違いない。それが皮を破っているのかもしれなかった。

「しっかりしてください！　中はどうなっているんですか!?　ウッドロウさんは、無事なんですか!?」

ロニが鎧を脱がそうとする横で、カイルが大声で言った。主《あるじ》の名前に反応したかのように、兜《かぶと》の面頬《めんぼお》の奥で、騎士は腫《は》れ上がった瞼《まぶた》を微《かす》かに開けた。

「おお、あなたは……」

その声はくぐもっていたが、微かな希望を見つけたかのように明るかった。

「大丈夫ですか⁉」

「私は、大事ありません……骨が何本か折れた程度。それよりも、陛下をお守りせねば！」

騎士は、ロニの手を押し返すようにして体を起こした。だが、折れた剣を支えに座るのが精一杯の様子で、到底《とうてい》、立つことはできなかった。

「おい。これはウッドロウを狙った襲撃なのか？」

ジューダスが訊くと、騎士は顔を上げずに頷いた。

「間違いありません。怪物を率《ひき》いている男が、陛下を——英雄を殺す、と」

「英雄を殺す、だって⁉」

カイルは驚いて、ロニと顔を見合わせた。二人の脳裏《のうり》には、ストレイライズ大神殿の大聖堂でフィリアを襲い、自分たちに情けをかけた男——バルバトスの姿が浮かんだ。あの男は自らを《英雄を狩《か》る者》と言っていた。ならば、ウッドロウのもとへ現れても不思議はない。

「へ、陛下は……謁見室に退却しました。それ以上のことは、私にも……わかりかね……ます」

剣に寄りかかったまま、騎士は動かなくなった。慌ててロニが確かめたが、彼は、クソッ、と小さく呟くと、首を振った。この騎士は、おそらく謁見室か、その手前の広間に詰めていた一人だったのだろう。カイルの顔を知っていたのだから間違いない。

抑えようのない怒りが込み上げてきて、カイルは立ち上がると、尖塔の根元にぽっかりと開いた穴を睨みつけるようにした。

「……行こう。こんなこと、許されていいはずがない！」

「同感だぜ。ふざけやがって……これ以上、好き勝手させるかよ」

背中から剣を引き抜くと、カイルはリアラを振り返った。

「君は、ここに残って。オレたちは、ウッドロウさんを助けに行ってくる」

「待って、カイル！　わたしも行くわ！」

その申し出に、カイルは驚いた。

「ダメだよ！　相手はあのバルバトスなんだぞ！　危険すぎる！」

「バカにしないで、カイル。剣は使えなくたって、わたしだって戦えるんだから！」

「戦うって、言っても――」

途端、リアラの胸のペンダントが強烈な光を発して、彼女は指を天に向かって立てると、何かに命じるようにそれを、崩壊した尖塔の穴へ目掛けて振り下ろした。

「焼き尽くせ！――バーンストライクッ!!」

リアラの頭上に、カイルのフレイムドライブとは比べ物にならない巨大な火球が出現し、それは大気を焦《こ》がしながら空を走った。降り落ちる途中の雪が融《と》けて、雨に変わる。火球は轟音《ごうおん》とともに穴を直撃し、激しく炎上した。

と、その中から人影のようなものが、炎に包まれて三つ、奇怪な悲鳴を上げながら飛び出してきた。逃げ遅れた騎士かと思い、カイルはぞっとした。だが、そうではなく、人影には初めから皮も肉もなかった——死霊のひとつ、骸骨剣士《がいこつけんし》だ。

炎は偽《いつわ》りの生命の灯火が、文字通り燃え尽きるまで消えず、だが、骸骨剣士が本来の屍《しかばね》に戻ると、嘘《うそ》のように鎮火《ちんか》して、熱もほとんど残ってはいなかった。

「すげえ……」

感心したように呟いたカイルに、リアラは、

「これでも反対するの？」

と聞いた。その瞳は真剣だった。決意は固い。

「わかった、一緒に行こう！　リアラが《晶力》を呼び起こしている間は、オレたちが絶対に邪魔させない！」

「うん。……信じてる」

そう頷き交わす二人の後で、ロニがジューダスの袖を引いていた。

「なんだ？」

怪訝《けげん》そうな顔をしたジューダスの仮面に顔を寄せて、ロニは小声で聞いた。

「なあ、リアラがあんな晶術《しょうじゅつ》を使えること、知ってたか？」

「あたりまえだ」

「本当かよ！　でもよ、ハイデルベルグへ来るまでの間、彼女、一度も使わなかったぜ？」

「当然だろう。ザグナルやゲイズハウンド程度なら、彼女の晶術に頼る必要はない。ボクらの

剣だけで十分だ」

ま、そりゃそうなんだけどよ、とロニは言ったが、どうせならあの時にも使ってくれれば楽だったのにと考えているのが、だだ漏れだった。

「みんな、行こう！」

カイルは皆に呼びかけ、ロニも無駄話をやめて表情を引き締めた。

四人は瓦礫を跨《また》ぎ越え、骸骨剣士が出てきた穴から尖塔へと入っていった。

塔の中は、外壁に沿って螺旋《らせん》階段が上へと延びていて、途中で本丸へと続く通路につながっているようだった。バルバトスがウッドロウの目前に直接転移して現れず、飛行竜に怪物を積んでハイデルベルク城を襲撃したことを考えれば、その通路から謁見室へと続く広間へと抜けられるのだろう。

カイルたちは通路を目指して、階段を駆け上がった。途中には何人かの騎士が倒れていたが、彼らは皆、勇敢に戦った様子で、決して一人ではなく、数体の怪物を必ず死出の道連れにしていた。

ロニが安息《あんそく》の印《いん》を切ったが、今できる弔《とむら》いはそれだけだった。

やがて、階上から緩慢《かんまん》な動作で、数人の騎士が下りてくるのが見えた。だが、様子がおかしい。あまりにも動きが悪すぎる。

「……僕に任せろ」

言うや、ジューダスは漆黒の風となって螺旋を駆け上がった。一瞬にして、騎士たちの間を駆け抜けたと思ったときには、両手に双剣を握っていた。

目にも止まらぬ四連斬――ジューダスの特技のひとつ、双連撃《そうれんげき》だ！

騎士たちは派手な音を立てて崩れ落ちる。だが、中身は空《から》っぽだった。バラバラになった鎧は階段を転げ落ち、ロニは、ぎゃあ、と叫んでこれを避けた。

「リ、リビングアーマーかよ！」

気味悪そうに言って、ロニは体を震わせた。リビングアーマーは、死者の怨念《おんねん》のこもった鎧が、闇の力で動く死霊の一種だ。幽霊とか怨霊《おんりょう》とかの話が、大の苦手のロニにとっては、一番戦いたくない相手に違いなかった。

「行こう、ロニ！　あと少しだから！」

「わ、わかってるよ！」

カイルは再び駆け出し、逃げるようにロニもついてきた。一行はようやく横への通路へ辿《たど》り着くと、赤い絨毯の敷かれた廊下を、広間を目指して走った。ここでは、相当な激戦があったらしい。倒れている騎士の数が半端ではなかった。比べると、怪物の数は少ない。

「様子がおかしいぞ」

そう言ったジューダスの視線は、倒れている騎士たちの鎧に向けられていた。その理由にカイルも気がついた。鎧が変形せずに、綺麗に斬《き》られている。

鎧を着た騎士に剣で切りつけた場合、その打撃によって板金《ばんきん》が変形し、斬れる、というよりも、割れる、といった状態になるのが普通なのだ。だがここに倒れている騎士の半数以上は、その鎧が、まるでケーキか何かのように、すっぱりと斬られていた。

「こいつは、まさか……」

「心当たりがあるの、ロニ!?」

「ああ。だが、そうだとしたら、やっぱりこいつには、アタモニ神団が一枚かんでやがるぜ」

それはどういうこと、と尋ねる前に、

「ぎゃあっ！」

断末魔《だんまつま》の悲鳴が廊下に響き渡り、また一人、騎士が死の列に加わった。鮮血が噴出《ふんしゅつ》した鎧の斬れ目は、やはり変形のない美しい切断面を見せていて、リアラは目をそむけた。

横たわる亡骸《なきがら》を越えて、広間へと入った一行は、そこで足を止めた。

「……やっぱりかよ」

唸《うな》るように、ロニが呟いた。

一人の騎士が、謁見室へ続く階段の前に立ち、辺りを睥睨《へいげい》している。

手には、反《そ》りのある片刃《かたは》の剣を収めた鞘《さや》。頭には、黄金の獅子《しし》を模《も》した兜。周囲には、まるで円を描くように、ファンダリア騎士が倒れていた。鎧はいずれも綺麗に斬り割られている。

また、彼の足元には一匹の雪豹《ゆきひょう》が座り、その黄色い瞳でカイルたちを見ていた。

「……騎士サブノック、貴様がいるってことは、やっぱりこいつはアタモニ神団の仕業ってことか！」

ロニの声にも、剣を抜こうとせずに、騎士は——サブノックは、カイルたちを向いた。眼光は供の雪豹に劣らず鋭く、これだけの人数の騎士を倒したというのに、まったく息が上がった様子がない。

「ふむ……ファンダリアにも、我《われ》を知る者がいたか……」

「そこをどけ！　俺たちゃ、急いでんだ！」

ロニが足を一歩前に踏み出すと、サブノックは遮るように両手を広げ、足元で雪豹が唸り姿勢を低くした。

「聞けぬな。ここを通すな、との我が主の御下命だ。貴公らの目的が何であれ、この命ある限り、誰一人、通すわけにはいかぬ」

炎の照り返しに、獅子の兜がギラギラと凶悪に輝く。

「……こいつだな」

ポツリ、とジューダスが呟いた。

「あの剣は、見たことがある。確か、海の彼方《かなた》の東方国、アクアヴェイル公国のものだ。あの国の剣は、《刀《かたな》》といい、突くこと、そして斬ることに特化している。使い手によっては、鋼鉄もバターのように斬るというぞ」

「ああ、その通りだぜ」

自虐的《じぎゃく》な笑みを浮かべて、ロニが答えた。

「俺は、ストレイライズ大神殿の練場で、一度見たことがある。あの男が、師匠《ししょう》の騎士ガープとともに、空の鎧を輪切りにするのをな」

鎧を輪切り――それはつまり、防御《ぼうぎょ》など役に立たないことを意味している。

「だが、僕たちには関係ない」

「ああ、その通りだぜ」

挑戦的な口調に、カイルはサブノックに目を据えたまま訊いた。

「どういうこと？」

「俺たちはもとより、糞《くそ》重てえ鎧なんぞに頼った戦い方はしていねえだろ？　触れれば斬れる――上等だぜ！」

「カイル！　急がないと！　なんだか嫌な予感がするの！」

袖を引いて訴えたリアラに、カイルは頷いた。

「わかってる。――おい！　邪魔するっていうなら、力ずくでも通してもらうぞ！」

「よかろう。我が剣技を知ってなお、挑もうとする勇気ある少年たちよ。御相手いたそう」

サブノックは、腰を低く落とし、右手を異国の剣の柄に添《そ》えるように構えた。

「我が名はサブノック。己《おの》が信念に命を賭《と》す騎士なり。少年たちよ。貴公らの信念と、我の信念、どちらが真《まこと》のものであるか、戦いにより証明しようぞ」

「望むところだ！」

カイルは、剣を構えると真っ直ぐに走った。正面から突っ込んでいく。ロニとジューダスは、それぞれ左右に展開し、弧《こ》を描くようにして、カイルよりは慎重に間合いを詰めていった。その背後で、リアラは《晶力》を引き出しにかかる。

「愚《おろ》かな……」

黄金の獅子の仮面の下から周囲を一瞥《いちべつ》すると、サブノックはほとんど抜く手を見せず、カイルの無防備な胴を横薙《よこな》ぎにした。体を両断されて、血を撒《ま》き散らして倒れる——そのはずだった。だが、サブノックが斬ったのは、幻《まぼろし》。

(殺《と》った！)

頭上から、カイルは一気に剣を切り下げた。空翔斬《くうしょうざん》——敵の攻撃を空にかわして、その隙に斬りつける特技である。カイルは、サブノックの構えから、必ず横に薙《な》ぐと確信して、正面から向かっていったのだった。だが——

ぎぃん、という音とともに、カイルの一撃はいとも簡単に防がれてしまった。肩当てが腹に押し当てられたかと思うと、さして力を入れているとも見えないのに、カイルは吹き飛ばされて床に転がった。

だが、おかげでサブノックの背中はがら空きになった。

そこを目掛け、ロニのハルバードの刃が雷光を纏《まと》って振り下ろされる——雷神招《らいじんしょう》だ！

しかし、見えているはずがないのに、この一撃もかわされて、斧の刃は床に食い込んだ。白光が辺りを圧する。だが、サブノックのブーツは絶縁体《ぜつえんたい》を仕込んでいるのか、まったく痺《しび》れた様子がなかった。

「やべえ！」

動かないハルバードの柄を突き出すようにしたところへ、サブノックの一刀が斜め下から逆袈裟《げさ》に斬り上げられた。衝撃でハルバードは抜ける。ロニは自分の得物《えもの》ごと弾《はじ》き飛ばされ、壁にしたたかに背中を打って呻《うめ》いた。

ぱちり、と鞘鳴りがして、刀が収まる。

「いかがかな？　心眼・無の太刀《たち》」

「——余裕だな」

「む」

背中からの声に、サブノックは鞘から半《なか》ばほど刀を引き出しながら、振り返った。そこへ、ジューダスの一撃が命中し、青い火花が散った。一撃では終わらない！　二、三、四連撃——特技、双連撃《そうれんげき》！……だが、彼の攻撃は一度もサブノックの体に触れることはなかった。

「ちいっ」

刃と刃が絡《から》み合い、二人は膠着《こうちゃく》した。獅子の仮面の下で、サブノックは笑みを浮かべた。

「なかなかやるな、少年……だが！　連撃とは、このように行うものだ！」

　サブノックはジューダスを押し返すと、刀をずらりと抜いた。

「一の太刀！」

　大上段から、膝をつくような強烈な斬撃が襲う。

「二の太刀！」

　右袈裟から腰までを切り落とすような一撃が来る。

「三の太刀！」

　刀が上がり、左袈裟から同じ威力の一刀が下ろされる。

「四の太刀！」

　右胴を、鎧すら輪切りにする薙ぎが疾《はし》る。

「これで……五連斬！」

　ふたたび、大上段から刀が振り下ろされて、ジューダスはそれを、双剣を交差させることで防いだ。しかし、もはや立ってはおれず、がっくりと膝をついていた。

「ほう……我が奥義《おうぎ》に耐えたのは、我が師を除けば、貴公が初めてだ。名を聞いておこうか」

「僕には……名前など……意味がないっ！」

　ジューダスはサブノックの足を払うようにすると、一瞬の隙をついて後ろへ飛び退《すさ》った。直後に、彼が立っていたところを目掛け、赤ん坊の頭ほどもある岩塊《がんかい》が、飛んできて砕ける。ストーンザッパーだ！　だが、サブノックが唱《とな》えたものではない。

「あの、雪豹！」

立ち上がったカイルが、皆に聞こえるように叫んだ。

「気をつけろ！　あいつ、晶術を使うぞ！」

「別に、驚くようなことじゃない」

荒い息で、壁に背中をついたジューダスは呟いた。彼の服はあちこち裂けて、血が流れ出していた。仮面にも、刀が食い込んだ跡がはっきりと残っている。サブノックの攻撃を、流すようにしてかわし続けた双剣にも、無数の傷がついていた。

「怪物は体内にレンズを宿している。これまでにも、晶術を使う怪物に出会わなかったわけではないだろう」

「でも、厄介《やっかい》だよ！」

「そうだな……だが、奴を倒さなければ、先に進むことはできない」

その時、ジューダスの体を淡い緑の輝きが包んだ。裂傷《れっしょう》が見る間に塞《ふさ》がっていく——回復晶術のヒールだ。見れば、サブノックを挟《はさ》んだ反対側の壁で、ロニが親指を立てていた。

「あいつ……」

仮面の奥で、ジューダスが微笑んだ。

「行こう、ジューダス！　何度だってやってやる！」

「当たり前だ」

カイルとジューダスが、再びサブノックに向かおうとした時、二人をリアラが引き止めた。

「待って！　あの騎士はガードが固いわ。普通に戦っても、きっと駄目だと思う。――わたしがやってみる」

「やってみるって――」

「わたしの術で、防御を崩してみる。そうしたら、カイルたちは一気に畳《たた》み掛けて」

カイルは、どう思う、とジューダスを振り向いた。

「……悪くはないな。奴は、剣に関しては相当なものだ。だが、あのような雪豹を連れているところを見ると、自分では晶術が使えないのだろう。ならば、耐性が弱い可能性はある」

「そっか！　オレたちみたいな晶術使いは、自分の得意な属性の晶術をかけられたときは、それを軽減できるもんね！」

「そういうことだ」

「よし、やろう！――リアラ。オレたちで、あいつの気をそらす。その隙に頼むよ」

「うん、カイル」

無言でジューダスは先に歩き出し、あとにカイルが続いた。反対側でロニも動く。何かするつもりだとわかって、こちらの動きに合わせてくれたに違いなかった。

サブノックはそれを見ながら、しかし、謁見室へ続く階段の前から動こうとはしなかった。

あと一歩で互いの間合いに入る──その微妙な位置で、三人は立ち止まり、剣を構えた。

油断なく、サブノックの目が三人を見る。

途端、広間の天井付近に小さな火球が三つ出現し、騎士を目がけて飛んだ。だがそれは、カイルですら唱えられる下級の晶術、フレイムドライブだった。場所を考えての事なのか、尖塔の崩れた入り口で、三体の骸骨剣士を一撃で倒した、バーンストライクではない。

「笑止」

サブノックの鞘が鳴って、火球のことごとくを斬り落とした。到底、隙を作るどころの話ではない。しかし──

「なに!?」

直後、サブノックの胸元に、斬り散らされた炎が、収束《しゅうそく》した。

「逃がさない！」

リアラの声が、広場に響き渡る。

「──フォトンブレイズ！」

それを引き金にして、収束した炎は逆に膨《ふく》れ上がり、爆発した！

「があっ！」

サブノックはたまらず顔を押さえ、激しい熱に雪豹も床を転がった。

「いまだっ！」

隙を逃さず、カイル、ロニ、ジューダスの三人は、それぞれの武器を手に煙の中へ飛び込み、サブノックに斬りかかった。剣が、斧が、双剣が閃《ひらめ》く。その全てが彼を捉《とら》え、アタモニ神団、第二位の騎士は、ズタズタに切り裂かれて絶命した。

そうして煙が晴れたとき、雪豹の姿はどこにもなかった。主が倒れ、逃げたのだろう。

「やった……」

感慨深げに呟いたカイルの肩を、ジューダスが叩いた。

「急ぐぞ」

カイルは頷き、サブノックの亡骸を避けるようにして広間を後にした。困難をひとつ退けたのに、なぜか胸騒ぎは一層強くなった。静か過ぎるのが気になる。

階段を駆け上がり、だがその足は、謁見室に入ったところで止まってしまった。

玉座の前に、巨軀《きょく》の男が立っている。青い髪に、若草色のマント。そして巨大な斧——

「バ、バルバトス！」

カイルの声に、男は——バルバトスはゆっくりと振り返った。同時に、玉座の様子が顕《あらわ》になって、リアラが小さく悲鳴を上げた。

ウッドロウが、血に塗《まみ》れて座っていた。

肩口から胸にかけて大きな裂傷があって、そこから流れ出た血が青いローブを黒く染めていた。白銀の髪や、髭も、血に濡れている。肌はすでに土気色に変じていて、とても生きているとは思えなかった。

　バルバトスは、斧を振るって血を払った。周囲には、王を守ろうとして果たせなかった騎士たちの累々《るいるい》たる屍の山が築かれていた。

「バルバトス……よくも……」

　ぎり、とカイルは奥歯を噛み締めた。

「よくも、ウッドロウさんを！　許さないぞ、絶対に！」

「ほう……いい気迫だ。少しは成長したようだな」

　バルバトスは嬉しげに言った。

「だが、ぬるい。俺の餓《う》えを満たすには、まだまだ弱すぎる」

「おまえの都合なんか知ったことか！　ここで、ウッドロウさんの仇《かたき》をとってやる！」

「いきがるな、小僧っ!!」

　まさに咆哮《ほうこう》だった。ただの一声で、カイルの体は恐怖に硬直した。それは、リアラやロニも同じであったと見えた。ジューダスは表情を変えなかったが、しかし、動かなかった。

「俺と戦いたければ、もっと強くなってみせろ。もっとだ！　その時は、相手をしてやろう。存分に、な。あの女に殺されて、俺を失望させるなよ、カイル？　クックックッ……ハーッハッハッハッ！」

　バルバトスの体の周辺に、闇そのものといった球体が出現して、彼を飲み込んで消滅した。

大聖堂の時と同じだ。だが、今度は一撃すら与えることができなかった。

呆然としている三人を尻目《しりめ》に、ジューダスは玉座へ走った。ウッドロウの顔を覗き込み、息と脈を確認する。すると、厳しい表情に一抹《いちまつ》の安堵《あんど》が浮かんだ。

「……まだ、息がある」

仮面の少年は、仲間を振り返った。

「リアラ！　お前の助けがいる！　リアラ！」

だが、彼女は放心したようになって、応えなかった。

「フィリアさん、それに、ウッドロウさんまで……このままじゃ、時の流れに、大きな歪《ひず》みが生じて……」

業《ごう》を煮やしたジューダスが玉座を離れた。カイルとロニもようやく我に返り、ともにリアラの様子が、ただならぬことに気がついた。

「リアラ、何をしている！」

「リアラ、どうしたの⁉」

「！　時の歪み！　まさか……まさか、これは全部、あの人の仕業なの……⁉」

——だとしたら、何だと言うのかしら、リアラ。

脳の中に直接、だが、はっきりとそう聞こえて、その未知の感覚に、カイルたちは思わず頭を押さえた。ただひとり、リアラだけが驚いた様子で玉座を振り返る。するとそこに、バルバトスとは逆の、輝く白い球体が出現し、ゆっくりと二つの光の人影となった。そうして、色を取り戻し、現れたのは——

「エルレイン！」

そう叫んだのは、リアラだった。

大司祭服姿のエルレインは、傍《かたわ》らに一人の騎士を連れていた。紹介されなくてもわかった。騎士ガープ。サブノックの師だ。鋭い目で、彼はカイルたちを射竦《いすく》めた。エルレインは、そんな彼にはかまわず、玉座をちらりと見て微笑んだ。

「なるほど……実に彼らしい。どんな英雄であれ——いや、英雄だからこそ、容赦《ようしゃ》はしない、ということか。哀れな。あの時、素直にレンズを渡していれば、己《おのれ》一人で済んだものを。意地を張るから、他の者たちの命も差し出す羽目《はめ》になった」

「エルレイン！　あなたは間違っているわ！　こんなやり方で人々は救えはしない！」

「……では、おまえはどうするというのだ？」

エルレインはゆっくりと振り返って、リアラを見た。その瞳には暖かさのかけらもなく、大神殿の前の広場で見た彼女とは、まるで別人だった。

「未《いま》だ、何も見出《みいだ》せないおまえに、わたくしを非難できるのか？　救いが語れるのか？」

「そ、それは……」

リアラは、悲しげに瞳を伏せた。

いったいどういうことなのか、カイルにはさっぱりわからなかった。話を聞く限り、リアラはエルレインのことを知っているように思える。いや、エルレインの方でもそうだ。

「いったい、どうなってるんだ……?」

「確かに、わかんねえことだらけだが……」

ロニは、ハルバードの柄を握りしめて構えた。

「どうやら、ひとつはっきりしたことがあるぜ。そいつは、この女がレンズ欲しさにハイデルベルグを襲ったってことだ! 覚悟しやがれ、エルレイン!」

ハルバードを腰に構えると、ロニは突進した。

「喰《く》らえっ、割破爆走撃《かつぱばくそうげき》!」

三連撃の一、強烈な振り下ろしの一撃が、エルレインの首元を狙った。彼女は、顔色ひとつ変えることなく、それを見つめている。

だが、甲高《かんだか》い音がして、斧の刃は、ガープの刀にいとも容易《たやす》く止められた。

「エルレイン様には、指一本、触れさせせん」

しかし、これは織り込み済みのことだ。ぎりぎりとハルバードを押し込みながら、ロニはにやりとした。

ガープが気づいた時には、遅い。

玉座の後から、いつの間にか回り込んだジューダスが、漆黒のマントを翻しながら跳躍《ちようやく》し、双剣をエルレインの背中に叩きつけた。

「やったか！」

だが、吹き飛ばされたのは、ジューダスの方だった。彼は背中を柱に打ちつけて呻《うめ》いた。エルレインの背中で、光の壁のようなものが煌《きら》めき、そして消えた。

「なっ――がはっ！」

それに一瞬気を取られた隙に、ロニはガープの肘《ひじ》打ちを腹に喰らい、後ろへ倒れた。

「ロニ！」

カイルが駆け寄ってすぐに抱き起こす。だが、心配したガープの追撃はなかった。彼はあくまで、エルレインの傍を離れる気はないようだった。ジューダスも双剣を構えながら退き、カイルとリアラを守るように立った。

そんな少年たちの姿に、エルレインは微かに悲しげな表情を浮かべた。しかし、それはすぐに消え、リアラを真っ直ぐに向くと、ゆっくりと両腕を上げた。黒い襞《ひだ》飾りの詰まった、たっぷりとした袖がゆらめく。

「人々の救いは神の願い……それを邪魔する者は、誰であれ、容赦はしない」

エルレインの高い襟《えり》の隙間から、光が漏《も》れ輝いた。だが、それだけではなかった。まるで、共鳴するかのように、リアラのペンダントも輝き始める。

「や、やめて、エルレイン！」

「わたくしをとめることは、誰にもできはしない」

「いや！　やめてっ！　わたしにはまだ、ここで果たすべき使命があるの！　お願い！」

ペンダントの輝きは、次第に光を増して、ゆっくりとリアラの体を包み込み始めた。それはまるで、彼女がレンズから出てきたその時を、逆回しにしているようにも見えた。

「未だに何も見出せぬ者に、ここにいる意味はない……帰るがよい、弱き者よ」

「いやあああああっ！」

少女の体は完全に光に包まれ、謁見室の何もかもを白く輝かせた。

彼女がいなくなる！——それは直感だった。

（いやだっ！）

咄嗟《とっさ》に、カイルは光の中へ飛び込んでいた。

後ろで、追うぞ、というロニとジューダスの声が聞こえたが、意識はすぐに白い光に飲み込まれ、何も考えられなくなった。

けれども、その中で、カイルは確かに、リアラの手を掴んだ、と思った……。

テイルズ　オブ　デスティニー2　①　～英雄を探す少女～　完

あとがき

ある日の担当さんとの打ち合せ。

「……では、もう少しプロットの方、練り込んでみてください」

「はい、がんばります……」

「ところで、結城《ゆうき》さん。年末頃にPS2で、『テイルズ オブ デスティニー』の続編が出るの知ってます？」

「もちろんですよ！　なんていってもPS2初のテイルズシリーズですからね！　エターニアで、ぐっと進化した戦闘システムが、いったいどうなるのか楽しみですよ！」

「やっぱり知ってましたか。実はですね、今度うち（SD文庫）でゲーム本編のノベライズをやることになったんですけど……結城さん、書きませんか？」

「ホントですか!?　そりゃあ、もうぜひ！」

「ふふふ……そう言うと思って、もう出版スケジュール、押さえておきました。来年の一月末から三カ月連続刊行ですから、がんばってくださいね」

「さ、三カ月連続!?――ってことは、三冊ですか!?」

「そのぐらいのボリューム、必要でしょ？　あ。もし落としたら、ただじゃおきませんから。意味、わかりますよね？　ふふふ……」

「がががががんばりますっ！」


――という経緯《いきさつ》（一部、脚色有）で、再びテイルズシリーズに関《かか》わらせていただけることになりましたー。結城聖《しょう》です！　あの『テイルズ オブ ファンダム～旅の終わり～』から約一年。よもや、テイルズシリーズの本編を書かせていただけることになろうとは！

それだけでも、打ち合せの喫茶店で踊り出してしまいそうなほど、嬉《うれ》しいことでしたのに、さらに！　発売日の前にゲームをプレイすることができたのです！　大好きなシリーズの小説を書けて、ゲームまで遊べてしまうなんて……アタモニ様、ありがとうございます！

もう、寝食を忘れてやりました。

けれど一応、ノベライズのためのプレイなので、あまり寄り道などはせずに進めました。プレイの内容はビデオに録画。一巻分を約六時間にまとめておいて（イベント中心です）、実際に執筆にかかってからは、テープで確認しながら書き進めました。

でも、ついつい見入ってしまったり（笑）。

しゃぶり尽くすのは、三巻まで書き終えてからにします。ソフトは手元にありますので。

当然、特典のＤＶＤも手に入れました！　各ソフトのオープニング、うれしー!!

執筆に当たって、いろいろと資料を提供してくださったナムコ様、東奔西走《とうほんせいそう》してくださった担当様、カバーイラストを描き下してくださったいのまた先生、口絵とモノクロイラストを描いてくださった松竹《まつたけ》先生、ありがとうございました。

このあとがきを書いている時点で、『テイルズ オブ デスティニー２』は、販売数が、五十万本を超えているらしいです。

すごいですねえ……。でも、不思議じゃありません！　なにしろ、面白《おもしろ》いんですから！　まだ、買っていない人は（いないかもしれませんが）ぜひ、遊んでみてください。

小説の方も、ゲームとは違った楽しさを出せるようにがんばりました。ゲームを遊んだ人には、追体験をしてもらえたら、未プレイの人には、ゲームをやってみたいと思っていただけたら、とても嬉しいです。

それでは皆様、来月発売の２巻も、よろしくお願いします！

二〇〇二年　十二月中旬　　　　結城　聖

テイルズ オブ デスティニー2 ①
～英雄を探す少女～
結城　聖

集英社スーパーダッシュ文庫

2003年1月30日　第1刷発行
2007年7月10日　第10刷発行
★定価はカバーに表示してあります

発行者
礒田憲治

発行所
株式会社 集英社
〒101－8050　東京都千代田区一ツ橋2－5－10
03(3239)5263(編集)
03(3230)6393(販売)・03(3230)6080(読者係)

印刷所
図書印刷株式会社

ISBN4－08－630109－1 C0193